William
Shakespeare

新译 莎士比

MUCH ADO
ABOUT NOTHING

【英】威廉·莎士比亚—— 著

天津出版传媒集团
天津人民出版社

目　录

剧情提要 / 001

剧中人物 / 001

无事生非 / 001

《无事生非》:莎士比亚第一部"欢庆喜剧"　傅光明 / 181

剧情提要

　　阿拉贡亲王唐·佩德罗征讨反叛的私生子弟弟唐·约翰获胜，要来墨西拿总督里奥那托府上做客，参加为他准备的庆祝宴会。信使来报，亲王很快就到。佛罗伦萨青年克劳迪奥与好友、帕多瓦青年贵族本尼迪克，在这次征讨中立下战功，也应邀前来。

　　在里奥那托家门前，里奥那托向唐·佩德罗表示热情欢迎。唐·约翰已与亲王哥哥和解，一起前来。本尼迪克一见到比阿特丽斯，两人便斗起嘴来。尽管克劳迪奥发过誓，永不给哪个女人当丈夫，但他爱上了里奥那托的独生女、个子稍矮的希罗，认为她是天底下最甜美的姑娘。唐·佩德罗听后，以反讽的口吻调侃克劳迪奥向来是个蔑视美貌的顽固异教徒。本尼迪克再次强调，自己要过单身汉的日子。克劳迪奥向唐·佩德罗承认，参战之前，已对希罗心生爱慕。唐·佩德罗表示愿在当晚欢宴时，乔装成克劳迪奥，向希罗求婚，然后把实情告诉她父亲。不成想，这番谈话恰巧被安东尼奥的仆人偷听去，随即禀告了主人，安东尼奥赶紧告诉哥哥里奥那托。

在里奥那托家,战场落败的唐·约翰表面上已经与唐·佩德罗和解,但心底仇恨如故。这时,波拉齐奥来报信,他刚偷听到亲王和克劳迪奥商定,由亲王向希罗求婚,到手后,再转送克劳迪奥伯爵。唐·约翰决心挫败克劳迪奥,因为克劳迪奥在战场上打败了他。

在里奥那托家中大厅的化装舞会上,欢宴者各戴面具伴着鼓声上场,各自配对,开始起舞。唐·佩德罗邀希罗跳舞。比阿特丽斯对自己戴面具的舞伴说本尼迪克一无是处,而舞伴正是本尼迪克本人,他假意表示一定转告。唐·约翰误以为哥哥爱上希罗,同时又把克劳迪奥当成本尼迪克,将此事告知。克劳迪奥信以为真,以为遭恋人遗弃。在他陷入郁闷、哀愁之时,亲王告诉他,已经替他向希罗求婚成功。克劳迪奥与希罗一吻定情,打算第二天即举行婚礼,但里奥那托希望再等七个晚上。他要利用这间隙,让本尼迪克和比阿特丽斯坠入爱河。他略施计谋,先让本尼迪克爱上比阿特丽斯。里奥那托、克劳迪奥和希罗,都表示愿演好各自角色,玉成好事。

唐·约翰对克劳迪奥的反感已经成了病态,任何针对克劳迪奥的阻止、挫败、障碍都对他有疗效。波拉齐奥说,希罗的侍女玛格丽特对他颇有好感,他要让玛格丽特穿上希罗的衣服,在婚礼的前一晚,出现在希罗寝室的窗口,让克劳迪奥和唐·佩德罗在附近目睹耳闻他亲热地称呼玛格丽特"希罗",从而认定希罗是不贞洁的。唐·约翰赞同波拉齐奥用不正当手段挫败这桩婚事,愿以一千达克特作为酬劳。

在里奥那托家的花园里,唐·佩德罗、里奥那托和克劳迪奥知道本尼迪克在附近的一处藤架藏身,故意把话说给他听,说比阿特丽斯爱上了他,而且十分痴情,如果得不到回报,肯定活不下去了。听完,本尼迪克判定这不是恶作剧。同时,他听他们指出自己举止傲慢,便决心改掉这个毛病。他深知自己要疯狂爱上比阿特丽斯。

希罗吩咐玛格丽特去叫比阿特丽斯,让她藏在藤蔓缠绕的凉亭听她和侍女厄休拉在小径上谈话。她要开口必谈本尼迪克对比阿特丽斯深爱成病,用这话题做一支小丘比特的灵巧之箭,仅凭传闻射伤比阿特丽斯。

婚礼前一天,唐·约翰告知亲王和克劳迪奥,希罗不仅不忠实,甚至比邪恶更糟,只要今晚与他同去,就会看到有人从窗口进入她寝室偷情。克劳迪奥当即表明,若今晚看到了什么,要当众羞辱她。亲王随即表态,要一道羞辱她。

当晚,治安官与搭档弗吉斯及一众巡夜人走在街上。巡夜人甲、乙听见醉酒的波拉齐奥向康拉德透露,今晚他把玛格丽特称作希罗,向她求了婚。这是他的主人唐·约翰为证实对希罗的诋毁之言,预设好的"情人相会"的骗局。巡夜人手持长戟,将两人带走审查。

教堂内,主持婚礼的弗朗西斯修道士命克劳迪奥和希罗,若知晓心底有任何阻碍结婚的障碍,便以灵魂作保说出来。希罗说没有。里奥那托替克劳迪奥应答"否"。可这时,克劳迪奥断然拒绝,要里奥那托将希罗带回家,并开始当众羞辱希罗,说她的贞洁仅是幌子和表象。里奥那托希望仁慈的亲王能说点儿什么，亲王竟表示，"着手让我亲爱的朋友与一个下贱妓女结亲，我蒙羞受辱。"听完克劳迪奥和亲王描述昨夜"希罗"在寝室窗口与最放荡的无赖恶棍邪恶相会的过程，希罗当即晕倒。亲王与唐·约翰和克劳迪奥一同离去。希罗醒来后，遭父亲一顿斥骂，说宽广的大海也洗不净她肮脏腐坏的肉身。修道士从希罗面对羞辱的反应断定她是清白无辜的，遂建议里奥那托让她藏在家里躲一段时间，对外正式宣告希罗已死，做出一副哀悼的样子，并在家族坟墓上挂起悼亡诗文。他断定，听到希罗的死讯后，势必引起克劳迪奥的反思，如果他宣称过爱情，那他势必会悼念。众人离开教堂后，本尼迪克对哭泣的比阿特丽斯说，他相信美丽的希罗受了冤枉，同时承认，他除了爱比阿特丽斯，对世间一无所爱，愿为她做任何事。比阿特丽斯马上命他杀死克劳迪奥，他不肯。比阿特丽斯说事实证明克劳迪奥是极端的恶棍，让希罗受了冤枉、遭了诽谤。本尼迪克发誓向克劳迪奥提出挑战，要让他付出高昂的代价。

　　墨西拿监狱的审讯室里，道格贝里和弗吉斯审讯波拉齐奥和康拉德。巡夜人乙说，波拉齐奥因恶意指控希罗小姐，收了唐·约翰一千达克特。巡夜人甲说，克劳迪奥正是依据波拉齐奥所说，当着全体会众的面羞辱希罗，拒绝结婚。教堂司事命令将二人捆绑，送到里奥那托家。

　　里奥那托家门前。里奥那托痛斥克劳迪奥冤死无辜的希罗，他要撕下为老之尊，向他提出挑战。亲王替克劳迪奥开脱，并以名誉起誓，希罗所受指控，证据充分，无一不实。里奥那托走后，本尼迪克来找克劳迪奥。亲王和克劳迪奥见本尼迪克脸色难看,不知何故,依然拿他和比阿特丽斯的恋情开玩笑。本尼迪克严肃表态,必须与亲王终止交往,告知唐·约翰已逃离墨西拿,认定亲王和克劳迪奥联手杀了一位温柔、无辜的姑娘,并向克劳迪奥提出挑战。亲王和克劳迪奥陷入迷惑。这时,道格贝里、弗吉斯和巡夜人甲、乙将波拉齐奥和康拉德押来。波拉齐奥对所做恶行供认不讳:唐·约翰如何唆使他诽谤希罗小姐;亲王如何被引到花园,眼见他向穿着希罗衣服的玛格丽特求爱。同时,他以灵魂起誓,证明一向高尚、贤惠的玛格丽特是个不知情的参与者,那晚和他在窗口谈话时,并不知自己在做什么。

克劳迪奥请求里奥那托随便选择复仇方式,惩罚自己因误会导致的罪恶之责。里奥那托要他答应两件事:一是去希罗坟墓上悬挂一首悼亡诗,对着她的遗骨咏唱;二是要娶里奥那托弟弟安东尼奥的女儿为妻。克劳迪奥接受提议,愿一切听从安排。

在里奥那托家的花园里,本尼迪克恳请玛格丽特请出比阿特丽斯,这对恋人以调侃的口吻交流着彼此甜美的"虐心之恋"。这时,厄休拉来告,事实证明,希罗遭人诬陷,亲王和克劳迪奥被骗,一切恶行都是唐·约翰所为。

在教堂内的里奥那托家族墓地,克劳迪奥向他认为已死的希罗献上悼亡诗。

里奥那托家。亲王和克劳迪奥前来拜访。里奥那托问克劳迪奥是否娶他侄女的决心未变,克劳迪奥承认。几位戴面具的女士来到面前,安东尼奥将自己"女儿"交给克劳迪奥,克劳迪奥想看看脸,里奥那托表示,要等在修道士面前牵住她的手,发誓说要娶她之后才可以。克劳迪奥对"新娘"说"在这神圣的修道士面前,您把手伸给我。您若喜欢我,我就做您丈夫。"希罗回答:"我在世时,我是您另一个妻子。"揭开面具接着说:"您相爱时,您是我另一个丈夫。"克劳迪奥惊叹:"又一个希罗!"希罗表示:"半毫不差。一个希罗蒙羞死去。但我活着,确确实实,我是个处女。"弗朗西斯修道士敦促众人马上去小教堂,举行完婚礼仪式,他再将"希罗之死"讲给大家。本尼迪克问修道士,哪位是比阿特丽斯。比阿特丽斯摘下面具回应。尽管到这时,两人方知所谓比阿特丽斯对本尼迪克害上相思病,本尼迪克险些为比阿特丽斯去死,都是热情朋友为竭力促成他们相爱在好心做局,但他们已彼此深深相爱。克劳迪奥和希罗分别作证,说看到他俩写给对方的十四行诗。本尼迪克正式向比阿特丽斯求婚:"我要娶你。但,以这天光起誓,娶你出于怜惜。"比阿特丽斯调皮地回应:"我不愿拒绝您,但以这好天光起誓,我屈从了强大的说服力,部分出于要救您一命,因为听说您得了肺痨。"本尼迪克提议婚礼之前跳支舞。风笛手吹奏。这时,使者来报,唐·约翰被抓,正由武装士兵押回墨西拿。

剧中人物

唐·佩德罗 阿拉贡亲王	Don Pedro Prince of Arragon
唐·约翰 唐·佩德罗的私生子弟弟	Don John bastard brother of Don Pedro
克劳迪奥 佛罗伦萨一贵族青年	Claudio a young lord of Florence
本尼迪克 帕多瓦一贵族青年	Benedick a young lord of Padua
里奥那托 墨西拿总督	Leonato Governor of Messsina
安东尼奥 老者,里奥那托的弟弟	Antonio an old man, brother of Leonato
巴尔萨泽 唐·佩德罗的仆人	Balthasar attendant of Don Pedro
波拉齐奥 唐·约翰的随从	Borachio follower of Don John
康拉德 唐·约翰的随从	Conrade follower of Don John
弗朗西斯修道士	Friar Francis
道格贝里 治安官	Dogberry a constable
弗吉斯 教区治安官	Verges a parish constable
教堂司事	A Saxton

侍童	A boy
希罗 里奥那托之女	Hero daughter to Leonato
比阿特丽斯 里奥那托的侄女	Beatrice niece to Leonato
玛格丽特 希罗的侍女	Margaret waiting gentlewomen attending to Hero
厄休拉 希罗的侍女	Ursula waiting gentlewomen attending to Hero
信使、巡夜人、贵族、侍从、乐师及其他	Messengers, Watch, Lords, Attendants, Musicians, etc

地点

墨西拿

无事生非

MUCH ADO
About
NOTHING.

本书插图选自《莎士比亚戏剧集》(由查尔斯与玛丽·考登·克拉克编辑、注释,以喜剧、悲剧和历史剧三卷本形式,于1868年出版),插图画家为亨利·考特尼·塞卢斯,擅长描画历史服装、布景、武器和装饰,赋予莎剧一种强烈的即时性和在场感。

第一幕

第一场①

里奥那托家门前

（墨西拿②总督里奥那托、女儿希罗③、侄女比阿特丽斯④，与一信使上。）

里奥那托　　（手持一信。）这封信里说，阿拉贡的唐·佩德罗⑤今晚到墨西拿。

信使　　　　这时很近了，我从他那儿来时，离这儿不到三里格⑥。

---

　　① 剧名《无事生非》（*Much Ado About Nothing*）之"无事"（nothing）与"乐音""注意"（noting）及"女阴"（no thing, 即 vagina）谐音双关。

　　② 墨西拿（Messina）：意大利港口城市，公元前8世纪为古希腊殖民者所建，位于西西里岛东北端，隔墨西拿海峡与意大利本土相望。

　　③ 希罗（Hero）：此名取自古希腊神话中"希罗与利安德（Leander）的故事"。住在赫勒斯滂（Hellespont，达达尼尔）海峡欧洲一端的阿芙洛狄特神庙女祭司希罗，与对岸小亚细亚古城阿拜多斯（Abydos）青年利安德相恋。每夜，利安德游过海峡与恋人幽会，希罗在高塔之上高举火炬引航。一风雨之夜，火炬熄灭，利安德迷失方向，溺水身亡。次日晨，希罗见到岸边漂浮的尸首，跳塔殉情。剧中以希罗作忠贞之喻。

　　④ 比阿特丽斯（Beatrice）：取自拉丁文 Beatrix，意即"祝福"。

　　⑤ 阿拉贡的唐·佩德罗（Don Pedro of Arragon）：唐（Don），即西班牙语"先生"，是敬称。西班牙阿拉贡亲王唐·佩德罗平定私生子弟弟唐·约翰参与的叛乱后，来墨西拿，到属下老友里奥那托家做客。

　　⑥ 里格（league）：长度单位，一里格约等于三英里，即4.827千米。

里奥那托	这一仗你们损失多少人？
信使	几个普通白丁，贵族子弟无一损伤。
里奥那托	成功者带回全部人马，可谓双倍胜利。从信里看，唐·佩德罗向一个名叫克劳迪奥的佛罗伦萨年轻人，授了荣誉。
信使	那是他应得的，唐·佩德罗奖赏有方。他表现出了超乎他年龄的能力，一只羔羊的模样，却有一头狮子的功绩。①您一定指望我说出怎么个预期，他真的比那更好。
里奥那托	在墨西拿这儿，他有个叔叔，听了一定非常高兴。
信使	信送去了，看得出，他很高兴，简直到了，欢欣本身若不佩戴酸楚的徽章，不足以显出谦卑。②
里奥那托	真落了泪？
信使	流了好多泪。

---

① 原文为"He hath borne himself beyond the promise of his age, doing in the figure of a lamb the feats of a lion."。朱生豪译为："他年纪虽然很轻，做得事情十分了得，看上去像一头羔羊，上起战场来却像一头狮子。"梁实秋译为："他的表现超出了他的年龄所许可的界限，样子像一只羔羊，作起战来像一头狮子。"

② 原文为"even so much that joy could not show itself modest enough without a badge of bitterness"。"徽章"（badge），指贵族家的仆人所佩戴的刻有主人家徽的一种银质徽章，此句意即欢欣若不显出是酸楚的仆人，就不够谦逊，转指叔叔的泪水，可意译为"他简直到了喜极而泣的地步"。朱生豪译为："甚至于快乐得忍不住辛酸起来。"梁实秋译为："高兴得不能不用苦痛的样子来表示他的沉着。"

里奥那托	一种柔情的自然外露。没哪张脸，比泪水如此洗过的面孔更真诚。喜中泪比泪中喜好得多！
比阿特丽斯	请问您，"仰剑一刺先生"①可从战场归来？
信使	我没听过这个名字，小姐。这种军衔的人，军中没有。
里奥那托	侄女，您要打听哪一位？
希罗	姐姐问的是帕多瓦②的本尼迪克③先生。
信使	啊，回来了。他还那么有趣，像以前一样。
比阿特丽斯	他曾在墨西拿这儿贴出告示，搞远程射箭④比赛，挑战丘比特⑤。我叔叔的弄臣⑥，读了挑战书，以丘比特的名义接受挑战，用捕鸟的钝头箭⑦向他挑战。——请问您，这一仗他连杀带吃弄死多少人？先说杀了多少人？因为我确实答应过，他杀的

───────────

① "仰剑一刺先生"(Signior Mountanto)："先生"(Signior)为意大利语。"仰剑一刺"(Mountanto)为击剑术语，指用剑向上挑刺。这是比阿特丽斯给本尼迪克起的外号，讥讽他好跟人斗嘴，含性意味，暗指"挺物上身"。

② 帕多瓦(Padua)：意大利北部城市，建于1222年的帕多瓦大学为中世纪欧洲著名大学之一。

③ 本尼迪克(Benedick)：取自拉丁文Benedictus，意即"受祝福之人"。

④ 远程射箭(flight)：比阿特丽斯讥讽本尼迪克自诩为霸王硬上弓的少女杀手。

⑤ 丘比特(Cupid)：古罗马神话中身背箭囊、不时射出迷情之箭的小爱神。

⑥ 弄臣(fool)：亦称宫廷傻瓜，指为里奥那托总督逗笑打趣的臣子。

⑦ 捕鸟的钝头箭(birdbolt)：用钝头箭把鸟射晕，捕获。有时孩童用此射鸟或玩耍。比阿特丽斯以此暗讽本尼迪克并无硬上弓之能。

比阿特丽斯	请问您，"仰剑一刺先生"可从战场归来？
	……
里奥那托	侄女，您要打听哪一位？
希罗	姐姐问的是帕多瓦的本尼迪克先生。

人,我全吃掉。

里奥那托　　　说真的,侄女,您贬损本尼迪克先生,太过分了。不用说,他要与您过招儿。

信使　　　　　小姐,这一仗,他战功不小。①

比阿特丽斯　　军中发霉的粮食,他帮你们吃掉。他是十分英勇的吃货②,胃口③棒极了。

使者　　　　　也是位好军人,小姐。

比阿特丽斯　　跟一位小姐比,算个好军人。——但跟一位贵族比,能算什么?

信使　　　　　比之贵族,他是位贵族,比之男子汉,他是个男子汉,浑身满是高贵品德。

比阿特丽斯　　真这样,顶多是个里面填满东西的假人。至于填的什么料,不提也罢——唉,我们都是凡胎。

里奥那托　　　您可别误会我侄女,先生。本尼迪克先生和她之间,好逗趣打嘴仗。两人没一次见面不来一场小规模智斗④。

————————

①　原文为"He hath done good service, lady, in these wars."。朱生豪译为:"小姐,他在这次战事里立下很大的功劳哩。"梁实秋译为:"他在这次战事里有很好的表现。"

②　十分英勇的吃货(valiant trencherman):比阿特丽斯挖苦本尼迪克是浪费军粮的无能饭桶。

③　胃口(stomach):与"勇气"(courage)具双关意。

④　一场小规模智斗(a skirmish of wit):朱生豪译为"舌剑唇枪,各不相让",梁实秋译为"斗嘴"。

比阿特丽斯	唉,他捞不着半点儿便宜。上回冲突,他五种智能①,瘸了四种,眼下,整个人由一种智能掌控。因此,他若有足够的脑子懂得自己取暖,让他管好自己,这是他本人和他的马的唯一区别②。因为这是他残存的全部家当,尚能被人称为一个有理性的生灵。——现在谁与他结伴?他每月换一个新结拜兄弟③。
信使	怎么可能?
比阿特丽斯	十二分可能,他只把忠诚当帽子戴——随时髦样式,变来换去。④
信使	我懂了,小姐,这位先生没入您的宠爱簿。
比阿特丽斯	没入。若里头有他,我把书房烧喽。但,请问您,谁与他结伴?眼下没有个好拌嘴的年轻恶棍,愿陪他一起远航,去见魔鬼?⑤

---

① 五种智能(five wits):中世纪英国人认为人有五种智能,简称"五智",指常识、想象、幻想、判断和记忆。比阿特丽斯以此表达上次斗嘴,本尼迪克惨败。

② 意即"他脑子不够使,跟他的马差不多"。

③ 结拜兄弟(sworn brother):中世纪骑士间发誓对彼此忠诚的盟兄弟。

④ 原文为"He wears his faith but as the fashion of his hat – it ever changes with the next block."。朱生豪译为:"他的心就像他帽子的式样一般,时时刻刻会起变化的。"梁实秋译为:"他把友谊当作时髦的帽子一般看待;随着新的檀头改变式样。"

⑤ 原文为"Is there no young squarer now that will make a voyage with him to the devil?"。朱生豪译为:"没有那类年轻的陪他下油锅的好事之徒吧?"梁实秋译为:"现在没有一个年轻的流氓陪他下地狱么?"

信使	他常与正直、高贵的克劳迪奥在一起。
比阿特丽斯	主啊,他会像疾病一样缠住他。他比瘟疫更易传染,谁染上了,立刻发疯。上帝救治高贵的克劳迪奥! 他一旦染上本尼迪克,若不花一千镑,治不好病。
信使	我要跟您维系友谊①,小姐。
比阿特丽斯	行,好朋友。
里奥那托	侄女,您永远不会发疯②。
比阿特丽斯	不会,除非遇上酷热的一月③。
信使	唐·佩德罗来了。

(唐·佩德罗、唐·约翰、克劳迪奥、本尼迪克与巴尔萨泽上。)

唐·佩德罗	仁慈的里奥那托先生,您来迎接您的麻烦④? 避开花销乃尘间惯例,您却迎着上。
里奥那托	麻烦从未以殿下的模样来过我家。⑤因为麻烦一走,宽慰尚在。但当您离去时,快

---

① 意即"若有得罪,请别损我"。

② 意即"你永远不会爱上本尼迪克"。

③ 一月正值寒冬,何来酷热,意即"绝无可能"!

④ 麻烦(trouble):指款待及其花销。此句意即"我和随行人员来这儿做客,让您破费款待,添麻烦啦"!

⑤ 原文为"Never came trouble to my house in the likeness of your grace."。朱生豪译为:"多蒙殿下枉驾,已经是莫大的荣幸,怎么说是麻烦呢?"梁实秋译为:"麻烦事从不以阁下这种姿态来到我的家。"

乐告辞,徒留悲愁。①

唐·佩德罗　您接受负担②,过于情愿。——我想,这是您女儿。

里奥那托　她母亲多次跟我这样说过。

本尼迪克　莫非先生起了疑心,问过?

里奥那托　不,本尼迪克先生。因为那时您还是个孩子。③

唐·佩德罗　本尼迪克,答得够您一戗,凭这句话,我们能猜出,如今您成年了,是个什么样的人。——真的,这位小姐长相随父。——很幸运,小姐。因为您长得像尊贵的父亲。

本尼迪克　即便里奥那托先生是她父亲,甭管长相多像,拿整个墨西拿来换,她也不愿把他的脑袋④安自己肩膀上。(唐·佩德罗与里奥那托一旁交谈。)

比阿特丽斯　我纳闷,您总坚持往下说,本尼迪克先生。

---

① 原文为"but when you depart from me, sorrow abides and happiness takes his leave"。朱生豪译为:"可是当您离开我的时候,我只觉得怅怅然若有所失。"梁实秋译为:"而一旦您离我而去,快乐也便远走,留下的只有忧愁。"

② 负担(charge):指款待花销及所担责任。该剧描写宫廷贵族之间,多好讲俏皮话逗趣,阿拉贡亲王与墨西拿总督概莫能外。

③ 意即"您那时小毛孩儿一个,不可能勾引我老婆"。

④ 他的脑袋(his head):逗趣的话,表层指女孩子肩膀上岂能安个一大把岁数、长灰白头发的脑袋,深层指小姐怎能长出父亲的脑子。本尼迪克用这句话回敬里奥那托。

没人听啦。

本尼迪克	怎么,我亲爱的"倨傲小姐"①!您还活着?
比阿特丽斯	有像本尼迪克先生这样合口②的肉食喂她,"倨傲"怎么能死?只要您在她面前露面,礼貌自身一定变倨傲。
本尼迪克	那礼貌是个叛贼。——但可以肯定,所有小姐都爱我,只有您除外。我希望能发现自己并非一副硬心肠。因为,真的,我一个不爱。
比阿特丽斯	女人们的大好运!否则,都得有一个恶意的求婚者缠身。感谢上帝和我的冷血,在这点上,我跟您脾性一样③,宁愿听我的狗朝一只乌鸦吠叫,也不愿听一个男人发誓爱我。
本尼迪克	愿上帝永远保住您那个心情!这样,某位先生就能逃过注定被抓破脸的命运。④
比阿特丽斯	如若像您这么一张脸,抓破了,倒未必更

---

① "倨傲小姐"(Lady Disdain):本尼迪克给比阿特丽斯起的外号。朱生豪、梁实秋均译为"傲慢小姐"。

② 合口(meet):与"肉"(meat)谐音双关,挖苦本尼迪克是一道肉食。

③ 意即"我对男人,一个不爱"。

④ 原文为"so some gentlemen or other shall scape a predestinate scratched face"。朱生豪译为:"这样某一位先生就可以逃过他命中注定要被抓破脸皮的厄运了。"梁实秋译为:"好使得某一位男士避免他的命中注定的被抓破脸。"

难看。

本尼迪克　　　　哎呀,您是罕见的教鹦鹉学舌的老师①。

比阿特丽斯　　　一只长了我舌头的鸟儿,胜过一头长了您舌头的野兽。②

本尼迪克　　　　真愿我的马有您舌头的速度,并能跑起来不停歇。③上帝作证,您只管说。我没话了。

比阿特丽斯　　　您总以一匹劣马的花招④收场。您这老一套,我清楚。

唐·佩德罗　　　那这样说定了,里奥那托。——(向其他人。)克劳迪奥先生,本尼迪克先生,——我亲爱的朋友里奥那托邀请你们都住下。我跟他说,我们在这儿至少待一个月,他由衷祷告,愿有什么事留我们多待些日子。我敢发誓,他不是伪善者,祈祷发自心底。⑤

---

① 意即"您是超棒的饶舌之人"。

② 原文为"A bird of my tongue is better than a beast of yours.",意即"我比您更会说人话"。朱生豪译为:"有我舌功的鸟儿比起有您舌功的畜生来,是要技高一筹的。"梁实秋译为:"像我这样说话的鸟总比你那样说话的畜生好些。"

③ 意即"真希望我说起话来能像您一样喋喋不休"。

④ 一匹劣马的花招(a jade's trick):指在赛马比赛中,骑劣马的赛手突然停止,退出比赛,以避免落败的尴尬。此句含性意味,暗讽本尼迪克性事不能持久。

⑤ 参见《新约·马太福音》15:7—8:"你们这伪善者! 以赛亚关于你们所说的语言是对的:他说,'这百姓用他们的双唇尊敬我,/ 心却远离我。'"

里奥那托	您只要发誓,殿下,一定不会背弃誓言。——(向唐·约翰。)让我欢迎您,大人。既然您已与您的亲王兄长和解,我尽心为您效劳。
唐·约翰	感谢您。没太多话说,但我感谢您。
里奥那托	(向唐·佩德罗。)殿下先请。
唐·佩德罗	手伸给我,里奥那托,咱们手挽手一起走。(除本尼迪克与克劳迪奥,众下。)
克劳迪奥	本尼迪克,你可注意到里奥那托先生的女儿?
本尼迪克	看见她了,没特别留意。
克劳迪奥	不是一位娴静的少女吗?
本尼迪克	为求得我简单真实的判断,您在像一个诚实之人那样提问?还是,让我说起话来按惯例,对于女性活像一个公开自认的暴君?
克劳迪奥	不。请你按清醒的判断说。
本尼迪克	哎呀,实话说,依我看,她太低,夸不出高,肤色太深,夸不出美①,个头太小,夸不出大②。她若没长成现在这样子,那就不漂亮,——这是我能给出的唯一夸赞。现在长

---

①美(fair):该词亦有"皮肤白皙""金发"之含义。伊丽莎白时代,女性以肤白为美。此处说比阿特丽斯并非白肤金发的美人。

②原文为"methinks she's too low for a high praise, too brown for a fair praise, and too little for a great praise"。朱生豪译为:"她是太矮了点儿,不能给她太高的恭维;太黑了点儿,不能给她太美的恭维;又是太小了点儿,不能给她太大的恭维。"梁实秋译为:"他太矮不能给予高的赞美,太黑不能给予好的赞美,太小不能给予大的赞美。"

成这样子,我喜欢不起来。

克劳迪奥　你以为我在开玩笑。请你老实告诉我,觉得她怎么样?

本尼迪克　您打听她的情况,想买下她?

克劳迪奥　能用全世界买下这样一颗宝石①?

本尼迪克　能,顺手买个匣子②把它放进去。但您这话是板着面孔正经说的? 还是有意嘲笑"杰克"③——为跟我们说,丘比特是猎野兔的好手④,伏尔甘⑤是罕见的木匠? 好了,一个人以什么音调,才能跟您唱得合拍?⑥

克劳迪奥　在我眼里,她是我见过的最甜美的姑娘。

本尼迪克　没眼镜,我还能看东西,却没看出这种情形:她那位堂姐,若非复仇的邪魔⑦缠身,比她貌美得多,好似五月初胜过十二月底。但我希望,您没打算给谁当丈夫,有吗?

---

① 宝石(jewel):暗指"童贞"(virginity)。

② 匣子(case):含性意味,暗指女阴。

③ "杰克"(Jack):代指傻小子、小丑之类。

④ 丘比特是睁眼瞎,不可能是猎野兔的好手。此句意在暗讽。

⑤ 伏尔甘(Vulcan):古罗马神话中十二主神之一的火神,亦是为众神锻造武器、铠甲的铁匠,而非木匠。此句意在暗讽。

⑥ 原文为"In what key shall a man take you, to go in the song?"。朱生豪译为:"告诉我,你唱的歌究竟是什么调子?"梁实秋译为:"为了和你协调起见,你到底是个怎样的调调儿呢?"

⑦ 复仇的邪魔(fury):代指古希腊神话中满头蛇发、对人类充满怨恨的复仇女神墨格拉(Megaera)。

克劳迪奥　　虽说我曾发过反誓①,可假如希罗愿做我妻
　　　　　　子,我几乎信不过自己。

本尼迪克　　到这一步了? 真的,世上没一个男人不愿让
　　　　　　人疑心戴了帽子? ②我再也见不到一个六十
　　　　　　岁的单身汉? 算了,真的。如果你愿把脖子
　　　　　　钻入牛轭套③,那就脖子带着印痕,叹息着度
　　　　　　过礼拜天。瞧! 唐·佩德罗回来找您了。

（唐·佩德罗上。）

唐·佩德罗　　你们在这儿有什么私密事,不跟我们一起去
　　　　　　里奥那托家?

本尼迪克　　我情愿殿下逼我相告。

唐·佩德罗　　凭你效忠于我,我命你说。

本尼迪克　　您听好,克劳迪奥伯爵。我能像哑巴一样保
　　　　　　密,愿您也这样想。但凭我效忠之心,——
　　　　　　听好这句,凭我效忠之心。——他恋爱了。
　　　　　　跟谁? ——眼下,这是殿下您该问的。听他

---

　　① 原文为"I had sworn the contrary.",意即"我发过誓,永不给谁当丈夫"。

　　② 原文为"hath not the world one man but he will wear his cap with suspicion",意
即"世上没一个男人,不愿让人以为他因老婆出轨头上长犄角,戴上帽子遮住犄角
吗?"西方旧俗认为妻子不贞的丈夫额头长角。朱生豪译为:"难道世界上的男子个个
都愿意戴上绿头巾吗?"梁实秋译为:"世界上连一个不戴绿帽子的男人都没有么?"

　　③ 牛轭套(yoke):牛脖颈上的轭套,代指婚姻束缚,意即"你若愿被婚姻束缚,那
就带着被束的印痕,每个礼拜天在家尽职守着妻子"。

的回答有多短：跟希罗，里奥那托的矮个女儿。

克劳迪奥　若真是这样，算让他说了出来。

本尼迪克　像那个老故事①里说的，殿下："事情不是这样，之前也不是，上帝不准许这样！"

克劳迪奥　若我的情感短期内不变，愿上帝不准它变成别的样子。

唐·佩德罗　阿门，如果您爱这位小姐。因为，她很值得爱。

克劳迪奥　殿下，您说这话，是在诈我②。

唐·佩德罗　以我的信仰起誓，我说的是真话。

克劳迪奥　说实话，殿下，我说的也是真话。

本尼迪克　以我的双份忠诚与信仰起誓③，大人，我说的也是真话。

克劳迪奥　我爱她，我觉得是。

唐·佩德罗　她值得爱，我知道。

本尼迪克　我既没觉出，她为什么该有人爱，也没明白，

———————

① 老故事（old tale）：指英国童话"狐狸先生"，抑或指"蓝胡子"（Bluebeard，旧译青髯公）之类主题为"强盗新郎"的故事。在"狐狸先生"故事中，一位小姐发现自己所恋之人是个强盗，将其告发。强盗反复说"事情不是这样，之前也不是，上帝不准许这样"，矢口否认。最后面对物证，不得不伏法认罪。本尼迪克在此挖苦克劳迪奥不愿承认自己"恋爱"之"罪"。

② 是在诈我（fetch me in）：意即"诈我向您坦白，吐露实情"。

③ 原文为"And by my two faiths and troths."，意即"凭我对唐·佩德罗殿下和里奥那托大人您二位的忠诚"，此处暗示本尼迪克的忠诚具有两面性。朱生豪译为："凭着我的三心两意起誓。"梁实秋译为："老实说又老实讲。"

	她为什么值得爱,这是我的看法,火也熔不化。我甘愿任凭它死在火刑柱上①。
唐·佩德罗	你向来是个蔑视美貌的顽固异教徒。
克劳迪奥	要不是任性固执,他这号角色休想演下去。
本尼迪克	一个女人受胎怀我,我感谢她。她把我养大,我同样给她最谦卑的谢意。但要在我额角吹响猎犬集合号②,或在一条无形肩带③上给我挂号角④,愿所有女人宽恕我⑤。因为我不愿随便怀疑谁,冤枉她们,那索性我自己做彻底,谁也不信。结论是,——为此,我能穿得更漂亮⑥,——我要过单身汉的日子。
唐·佩德罗	我没死之前,要看到你因恋爱面色变苍白。
本尼迪克	因生气,因患病,或因饥饿,殿下。都不因爱情。倘若您能证明,我因爱情失去血色,喝

---

① 原文为"I will die in it at the stake.",意即"我宁可被绑在火刑柱上烧死,也不改变看法"。这种火刑是中世纪欧洲对异教徒惩罚最残忍的方式之一。朱生豪译为:"你们就是用火刑烧死我,也不能使我改变这一看法。"梁实秋译为:"就是把我烧死,我也会带着这意见去死。"

② 猎犬集合号(recheat):代指犄角,妻子不贞会让丈夫头上长出犄角。此句意即"要是有谁给我戴绿帽子"。

③ 肩带(baldrick):猎人斜佩胸前的饰带,用来悬挂号角,在此有女阴之意涵。无形肩带,暗指隐匿的女阴。

④ 号角(bugle):在此有犄角和阴茎双重含义。此句意即"谁要是给我戴绿帽子",暗指女人婚后都会出轨。

⑤ 意即"宽恕我终身不娶"。

⑥ 意即"我能用不结婚省的钱多买漂亮衣服"。

酒补不回来①,那就用民谣写手②的钢笔挖出我双眼,把我挂在妓院门口,代替瞎眼丘比特,当招幌③。

唐·佩德罗　行,一旦背离这信念,你将变成极好的话柄④。

本尼迪克　若背离,把我像猫一样,挂在柳条笼子里⑤,拿箭射我。谁射中了,拍下他肩膀,叫他一声"亚当"⑥。

唐·佩德罗　好,等着瞧。"到时候野牛也要上轭套。"⑦

本尼迪克　野牛难免,但假如明智的本尼迪克上了套,就把那对牛犄角拽下来,插我额头上,让人把我瞎涂乱画一通,用街上写的"此处出租良马"那样大的字,给我挂块招牌,上书"来此观赏已婚男子本尼迪克"。

---

　　① 当时的人认为恋爱带来的沉重叹息会耗损心血,导致面色苍白,喝酒促进血流,有助于恢复血色。

　　② 民谣写手(ballad-maker):泛指当时编写丑闻之类歌谣四处流传的段子高手。

　　③ 当时英国妓院常以蒙着双眼的丘比特画像做招幌挂在门外。

　　④ 变成极好的话柄(prove a notable argument):佩德罗以调侃口吻暗讽本尼迪克一旦恋爱,将变成引人关注的谈资笑柄。

　　⑤ 旧时常把活猫关在柳条笼里挂在高处当作箭靶。

　　⑥ "亚当"(Adam):流行歌谣中传颂的草莽神箭手亚当·贝尔(Adam Bell)。此句朱生豪译为:"夸奖他是个好汉。"梁实秋译为:"称他为亚当。"

　　⑦ 此为谚语,因诗人、剧作家托马斯·基德(Thomas Kyd, 1558—1594)将其写入《西班牙的悲剧》(*The Spanish Tragedy*)而更为流行。

克劳迪奥	若真发生这种事,你非头顶犄角发牛疯不可①。
唐·佩德罗	不,若丘比特没在威尼斯耗光箭囊,你很快会被射得发抖②。
本尼迪克	到时候,我也期盼一场地震③。
唐·佩德罗	好,过几个小时④您就温顺了。眼下,仁慈的本尼迪克先生,去里奥那托家,代我问候他,告诉他我晚饭不失约。因为他真做了大量准备。
本尼迪克	捎这样一个口信,我脑子算够用,那我把您交托——
克劳迪奥	"给上帝保佑,发自家中。"⑤——如果我在这儿有家。
唐·佩德罗	"七月六日,您忠实的朋友,本尼迪克。"⑥
本尼迪克	不,别嘲笑,别嘲笑。你们谈话的主体有时

① 原文为"thou wouldst be horn-mad",意即"你一定会头顶犄角像野牛一样发疯",转义为"你一定会为被人戴了绿帽子而疯掉"。朱生豪译为:"你一定要气得把你一股牛劲儿都使出来了。"梁实秋译为:"你一定会为了担心绿头巾而发狂。""发牛疯"(horn-mad)含双关意:其一,发牛疯之人;其二,因妻子不贞头上长角的丈夫。

② 此句中,"耗"(spent)含双关意,暗指"射精";"箭囊"(quiver),另有"发抖""地震"之意涵,故下句本尼迪克接话"地震"。威尼斯为中世纪欧洲有名的"性都",妓女如云。

③ 原文为"I look for an earthquake too, then.",意即"除非发生地震,我不会发抖"。朱生豪译为:"到时候一定要天翻地覆了。"梁实秋译为:"地震才能使我发抖哩。"

④ 小时(hours):或与"妓女"(whores)谐音双关。

⑤ 克劳迪奥不等本尼迪克把话说完,便以写信结尾时的礼貌性套语"我把您交托给上帝保佑"(I commit you to he tuition of God)接话。

⑥ 唐·佩德罗再接克劳迪奥的话,意在一起取笑本尼迪克。

用碎布片镶边^①，那装饰的碎片只那么
稀松一缝。在你们继续拿老一套信末
附言嘲笑我之前，盘查一下各自良心^②。
告辞。（下。）

克劳迪奥	我的主上，殿下^③您现在可以帮我忙。
唐·佩德罗	我的友情归属您：尽请教我如何效劳^④， 你将看到，凡对你有益，什么吃力的功 课，我多么乐意去学。
克劳迪奥	殿下，里奥那托膝下可有儿子？
唐·佩德罗	除了希罗是他唯一继承人，再无子女。 克劳迪奥，你对她，有所爱慕？
克劳迪奥	啊！我的殿下， 在您进行刚结束的这场战事之际， 我以军人的眼睛向她仰望， 心生爱慕，但手头有更艰巨任务， 故不能把这份喜爱引向爱的名义。 但眼下我已归来，打仗的念头 留出空位，在那片空地，

---

① 镶边（guard）：含双关意，亦指"防护"。本尼迪克以此挖苦佩德罗和克劳迪奥
说出的话支离破碎。

② 意即"注意你们的各自言行"。

③ 此处，"我的主上"（my liege）、"殿下"（your Highness）均为对唐·佩德罗的敬称。

④ 原文为"My love is thine to teach: Teach it but how."。朱生豪译为："咱们是好
朋友，你有什么事尽管吩咐我。"梁实秋译为："听你吩咐：你只消说该怎样做。"

$$挤进温情、美好的欲望，$$

一切提醒我，年轻的希罗多美丽，

等于说，参战前，我已对她上心。

唐·佩德罗　　你很快会变成一个恋人，

用整本书的话语①叫听者厌烦。

你若真爱美丽的希罗，珍视她，

我要向她、向她父亲点破此事，

你将拥有她。莫非为这个目的，

你才编出如此美好的一个故事？

克劳迪奥　　救治相思的恋人，您多么贴心，

凭他的面色，便知恋人的悲伤！

但唯恐，这份喜爱显得太突然，

我愿以更长久的交谈徐图缓进②。

唐·佩德罗　　一座桥何须比河面宽得多③？

最好的馈赠是所需之物④。

---

①　整本书的话语（a book of words）：旧时恋人会写下许多爱情诗，此处指恋人絮絮叨叨的爱情话语。

②　原文为"But lest my liking might too sudden seem, / I would have salved it with a longer treatise."。朱生豪译为："可是人家也许以为我一见钟情，未免太过孟浪，所以我想还是慢慢儿再说吧。"梁实秋译为："为了避免使得我的情爱过于唐突，我愿慢慢的进行，显得从容一些。"

③　原文为"What need the bridge much broader than the flood."。朱生豪译为："造桥只要量着河身的限度就行了，何必铺张呢？"梁实秋译为："窄流之上何必架宽桥？"

④　原文为"The fairest grant is the necessity."。朱生豪译为："做事情也只要按照事实上的需要。"梁实秋译为："最大的恩惠便是满足一个人的需要。"

瞧,凡有用,便恰当:干脆说,你爱她;

我给你提供疗救的药方。

我知道,今晚我们有欢宴①:

我要乔装一番,假扮成你,

告诉美丽的希罗我是克劳迪奥;

在她胸窝里敞开我的心扉,

用武力、用我多情故事的猛烈进攻②,

把她的听觉变成战俘③。

那之后,我要向她父亲说破,

结论是,她将归你。

让我们立刻动起来。(同下。)

---

① 欢宴(revelling):一般欢宴同时会搞化装舞会。

② 猛烈进攻(strong encounter):借军事术语暗指用情话发动求爱攻势。

③ 原文为"And take her hearing prisoner with the force."。朱生豪译为:"用动人的情话迷惑她的耳朵。"梁实秋译为:"用强烈的话语迫使她不能不听。"

第二场

里奥那托家中一室

[里奥那托与(弟弟、老者)安东尼奥上,二人相遇。]

里奥那托　　弟弟可好!您儿子,我侄子,在哪儿?今晚
　　　　　　的乐队他安排好了?

安东尼奥　　他正忙乎着。不过,哥哥,跟您说个怪消息,
　　　　　　您做梦都想不到。

里奥那托　　是好消息?

安东尼奥　　等消息印出来看结果①,但有了个好封面②。
　　　　　　亲王和克劳迪奥伯爵,刚在我花园里一条树
　　　　　　枝浓密交织的小径散步,我有个仆人偷听到
　　　　　　他们谈话。亲王向伯爵透露,他爱上我的侄
　　　　　　女,您的女儿,打算在今晚跳舞时向她挑明。
　　　　　　若觉出合她心意,亲王便打算抓住时机,立

---

① 原文为"As the event stamps them.",意即"这要看事情结果如何"。旧时常印
制消息类小册子,亦有封面,这里以此作比。

② 原文为"but they have a good cover",意即"看表面,是好事"。

刻向您说破此事。

里奥那托　　跟您说这消息的家伙,有点脑子吗?

安东尼奥　　一个脑瓜灵的家伙。我叫他来,您亲自问。

里奥那托　　不,不。露出真相之前,我们把它看成一个梦。但我女儿要有所了解,如果这是真的,也好准备回应。您去,把这事告诉她。(安东尼奥下。安东尼奥的儿子与一乐师,及其他人上。)

里奥那托　　侄子,您知道该怎么做吧。——(向乐师。)啊!请原谅,朋友。与我同去,我要运用您的技能。——好侄子,这会儿正忙,多留个心。(同下。)

第三场

里奥那托家中另一室

（唐·约翰与康拉德上。）

康拉德　　　活见鬼①，爵爷！您为何这样过分伤感？

唐·约翰　　滋生的理由②无法测量，因此，悲伤没有界限。

康拉德　　　您该听从理性。

唐·约翰　　听从了理性，能带来什么福报？

康拉德　　　即便无法立刻补救，至少能耐心忍受。

唐·约翰　　我很惊讶，你，——按你自己说，在土星运势
　　　　　　下落生③，——竟要给痛心的疾病下一剂道
　　　　　　德药④。我的身份藏不住：有个理由，就伤

---

　　① 活见鬼（what the goodyear）：一句轻咒语。

　　② 理由（occasion）：指私生子这个身份带来的伤感。

　　③ 土星运势下落生（born under Saturn）：据旧时西方占星术，人的性情受出生时运行的星宿影响，在土星运势下出生之人，性情孤僻、忧郁。

　　④ 原文为"goest about to apply a moral medicine to a mortifying mischief"。朱生豪译为："居然也会用道德的箴言来医治人家致命的沉疴。"梁实秋译为："反倒企图用一服说教的药来医治致命的伤。""痛心的疾病"，即忧郁症。

感，谁开玩笑也笑不出来；来了胃口，就吃，谁的闲空也不等；困劲儿上来，就睡，谁的事也不侍候；开心了，就笑，谁发脾气也不去挠痒①。

康拉德　是的，但在您尚不能毫无拘束之前，不可这样满不在乎。②您过去反叛亲王哥哥，亲王最近刚对您有了恩惠。您不可能真把根扎在他的恩惠里，只能凭自己造出好天气。您有必要为自己的收成，设计好季节③。

唐·约翰　我情愿在树篱下做一株野蔷薇，也不在他的恩惠下做一朵玫瑰。比起装出一副样子盗取谁的欢心，受所有人鄙弃才更合我性情。在这点上，虽不能说我是个讨人喜欢的实诚人，却万难否认，我是个坦率的坏蛋。给我戴上口套，才信得过④，绑上脚坠，才给自由。因此，我决心不在笼子里唱歌。只要没戴口套，我就会咬人；只要给自由，我就

①挠痒（claw）：指安抚、谄媚。原文为"claw no man in his humor"。朱生豪译为："决不看人脸色行事。"梁实秋译为："不去谄媚任何发脾气的人。"

②意即"在您翅膀变硬之前，不可随意造次"。

③原文为"It is needful that you frame the season for your own harvest."。意即"您只有赢得亲王信任，才能达到目的"。朱生豪译为："您必须自己造成一个机会，然后才可以达到您的目的。"梁实秋译为："那么你确有为你自己的收获而制造机会之必要。"

④意即"把我看成凶猛的狗，只有戴上口套才值得信任"。

做自己喜欢的事。眼下,让我做我自己①,别试图改变我。

康拉德	你不能利用一下自己的不满?
唐·约翰	我要利用彻底,因为只有它可用。——谁来了?(波拉齐奥②上。)
唐·约翰	波拉齐奥,有什么消息?
波拉齐奥	我从那边的大晚宴过来,里奥那托盛情款待您的亲王哥哥。我可以给您个消息,一桩计划中的婚事。
唐·约翰	可否设计一下,搞恶作剧? 跟不安生的日子③订婚,什么样的傻瓜?
波拉齐奥	以圣母马利亚起誓,您哥哥的得力助手。
唐·约翰	谁,那个顶讲究服饰的克劳迪奥?
波拉齐奥	正是他。
唐·约翰	好小子④! 谁? 谁? 他看上谁了?
波拉齐奥	以圣母马利亚起誓,他看上了希罗,里奥那托的女儿兼继承人。
唐·约翰	一只早熟的三个月孵出的雏鸡! 这消息,您怎么得来的?

① 意即"我就做我的私生子"。
② 波拉齐奥(Borachio):源于西班牙语borracha,盛酒的皮革酒瓶,转义为酒鬼。
③ 不安生的日子(unquietness):指把妻子娶回家,成天吵闹,日子过不安生。
④ 好小子(a proper suqire):以反话来蔑称。

波拉齐奥　　　我是受雇的熏香人①,正熏一间带霉味的房子时,见亲王和克劳迪奥走过来,手挽手,认真交谈。我急忙闪在挂毯后面,听见他们商定,由亲王亲自向希罗求婚,到手后,再转送克劳迪奥伯爵。

唐·约翰　　　得啦,得啦,咱们去那边。这件事能滋生我的怨恨。那年轻的暴发户在战斗中打败我,占有一切荣耀。②无论如何,若能挫败他,怎么着对我都有好处。我信得过你们两人,都愿意帮我?

康拉德　　　　直到我死,爵爷。

唐·约翰　　　咱们去大晚宴。我被制服,他们欢喜更甚。真愿那厨子跟我想法③一样! ——咱们要不要去验明到底该做什么?

波拉齐奥　　　听爵爷吩咐。(同下。)

————————

　　① 熏香人(perfumer):用芳香的药草熏每一个房间的人。
　　② 原文为"That young start-up hath all the glory of my overthrow."。朱生豪译为:"自从我失势以后,那个年轻的新贵享足了风光。"梁实秋译为:"那年轻得意的家伙害得我好苦。"
　　③ 想法(mind):往食物里下毒的想法。但从第二幕开场第一句台词看,唐·约翰并未出席晚宴。

第二幕

第一场

里奥那托家中大厅

（里奥那托、安东尼奥、希罗、比阿特丽斯及其他人上。）

里奥那托　　约翰伯爵没在晚宴这儿？

安东尼奥　　我没见着他。

比阿特丽斯　那位先生脸相多么刻薄！每次看见他，我都烧心难受一小时。

希罗　　　　他性情很忧郁。

比阿特丽斯　若正好把他和本尼迪克折中，那他就是极好的人。一位太像个影子，半声不吭；另一位太像个老妇人的长子①，唠叨个没完。

里奥那托　　那就，本尼迪克先生的半条舌头在约翰伯爵嘴里，约翰伯爵的一半忧郁在本尼迪克先生脸上，——

---

① 老妇人的长子（my old lady's oldest son）：指寡妇的长子。因长子继承制之故，长子在家中最受宠爱。

比阿特丽斯	加上一双好腿、一双好脚①，叔叔，钱袋里有足够的钱，这等男人，能赢得世上任何一个女人，——假如那女人对他有好感。
里奥那托	以我的信仰起誓，侄女，你舌头若这样尖刻，休想嫁到丈夫。
安东尼奥	真的，她太凶悍。
比阿特丽斯	太凶悍胜过遭诅咒下地狱。②在这点上，我要节省上帝的赐予，因为听说"上帝给凶牛赐一对短角"③，那对于一头太凶的牛，不必赐犄角。
里奥那托	等于说，您太凶悍，上帝用不着给您犄角④。
比阿特丽斯	正是，只要他别给我一个丈夫⑤。为这份

---

① 一双好腿、一双好脚(a good leg and a good foot)：意即"有一双善于跳舞的灵巧腿脚"。

② 原文为"Too curst is more than curst."。此处玩文字游戏，第一个"curst"意即"凶悍(shrewish)""脾气坏"，第二个"curst"意即"遭诅咒下地狱(damned)"。似乎此释义更妥，因下文紧接"上帝"。朱生豪译为："谢天谢地！"梁实秋译为："太凶是比凶还要厉害。"

③ 上帝会限制邪恶生灵作恶伤害的能力，故对凶猛的牛，只赐予短犄角，以免伤人。原文为"I shall lessen God's sending that way, for it is said, 'God sends a curst cow short horns', but to a cow too curst he sends none."。朱生豪未译。梁实秋译为："在这一方面我将使上帝省他的礼物；因为据说，'上帝使牛生短角'；对于太凶的牛便根本不令它生角了。"

④ 犄角(horns)：含性意味，暗指"戴绿帽子的丈夫"，亦暗指"阴茎"。原文为"So, by being too curst, God will send you no horns."。朱生豪未译。梁实秋译为："那么，你太凶了，上帝就不给你角了么？"

⑤ 比阿特丽斯反唇相讥，意即"只要我不出嫁，便没有丈夫担心戴绿帽子"。

	恩惠,我每天早晚双膝跪地向他祷告。主啊,嫁给一个脸上长胡子的丈夫,我受不了。我情愿贴身睡粗羊毛毯子!
里奥那托	也许您能碰见一个不长胡子的丈夫。
比阿特丽斯	找他做什么? 让他穿上我的衣服,给我当女仆? 他长了胡子,不再年少;不长胡子,不算汉子。不再年少的,不适合我;不算汉子的,我不适合他。因此,我不如先从养熊人①手里预支六便士,牵着他的猴子下地狱。②
里奥那托	这么说,您要下地狱?
比阿特丽斯	不。刚到地狱门口,有个魔鬼在那儿迎我,他头上长角,像个老活王八③,说"去天堂,比阿特丽斯,去天堂,这地方不适合你们处女"。于是,我交出猴子,前往天国,找圣彼得④。他指给我单身男女⑤住的地方,在那儿,我们成天快乐地生活。

---

① 养熊人(berrord):旧时养狗熊、耍熊、斗熊之人。

② 按中世纪英格兰习俗,老处女生前不婚不育,未尽母亲的生养义务,死后下地狱看管猴子。此句意即"我索性不嫁人,当一辈子老姑娘"。

③ 老活王八(old cuckold):即常被不贞妻子戴绿帽子的丈夫。

④ 圣彼得(Saint Peter):掌管天国大门钥匙的人,见《新约·马太福音》16:19:"耶稣说:……'我要给你天国的钥匙,你在地上所禁止的,在天上也要禁止;你在地上做准许的,在天上也要准许。'"

⑤ 单身男女(bachelors):没结过婚的男女。在此并非指单身的人。

安东尼奥	(向希罗。)侄女,我相信您会听父亲管教。
比阿特丽斯	对,准没错。我妹妹的本分是行个屈膝礼,说"父亲,随您的意"。——不过,话虽如此,妹妹,让他是个英俊小伙儿,否则,得再行屈膝礼,说"父亲,随我的意"。
里奥那托	好,侄女,希望见到您哪天配上①一个丈夫。
比阿特丽斯	那要等到上帝用泥土②之外的材料③造出男人。一个女人要受一块硬泥巴掌控,能不伤悲? 要把她一生的账算给一块任性的黏土?④不,叔叔,我一个也不要。亚当的儿子们都是我的手足,真的,我认为与亲戚婚配是一宗罪。⑤
里奥那托	(向希罗。)女儿,记住我的话,若亲王以那种方式⑥向您求婚,您该知道如何作答。

---

① 配上(fitted with):含性暗示,即"早晚有一天,您的女阴会配上一个男阳""fitted"亦有"合适的"之意,即"希望见您找到合适的丈夫"。

② 泥土(earth):据《旧约·创世记》载,上帝用泥土造男人(亚当),后用其肋骨造女人(夏娃)。从古希腊直到中世纪,人们认为宇宙万物由"火、土、气、水"四大元素构成,土元素最稳定、最沉静。参见《创世记》2∶7∶"后来,主上帝用地上的尘土造人,把生命的气吹进他鼻孔,他就成为有生命的人。"

③ 材料(metal):具"材料"(material)和"气质""秉性"(mettle)双重意涵。

④ 原文为"To make account of her life to a clod of wayward marl?"朱生豪译为:"还要在他面前低头伏小。"梁实秋译为:"要把他的一生交付给一块烂泥巴。"

⑤ 参见《旧约·创世记》5∶4∶"亚当生塞特以后,又活了八百年,而且生儿育女。"《旧约·利未记》18∶6∶"上主颁布了下列条例。任何人都不可跟骨肉之亲有性关系。"

⑥ 以那种方式(in that kind):即以谈话提亲的方式。

比阿特丽斯　　若有人求婚不按节奏①，妹妹，那问题出在音乐上。若亲王太急切，告诉他凡事皆有度②，随后用舞步作答。因为，听我说，希罗：——求婚，结婚，懊悔，好比一曲苏格兰吉格舞③，一曲庄严慢步舞④，一曲五步舞⑤。刚求婚之时，热烈、急促，像一曲苏格兰吉格舞，充满想象；婚礼，客套、谦和，像一曲庄严慢步舞，充满庄严、古雅；"懊悔"⑥随后而来，凭两条瘸腿，跳起五步舞，越跳越快，直到沉入坟墓。

里奥那托　　侄女，您理解得十分犀利。

比阿特丽斯　　我眼力好，叔叔，日光下能看清一座教堂⑦。

里奥那托　　欢宴的人来了，弟弟。腾出地方。(各戴面具。)

(唐·佩德罗亲王、克劳迪奥、本尼迪克、巴尔萨泽、唐·约翰、波拉齐奥、玛格丽特、厄休拉及其他人，各戴面具，伴着鼓声上；各自配对，开始起舞。)

---

　　① 节奏(time)：与"时机"双关，此句意即"若求婚时机不对"。

　　② 度(measure)：与"舞步节奏"双关；故下文由"舞步"(dance)展开。

　　③ 吉格舞(jig)：一种急速轻快的舞蹈，以此比喻求爱急切、热烈。

　　④ 庄严慢步舞(measure)：一种适合宫廷的舒缓慢步的庄严舞蹈，以此比喻结婚庄重、严肃。

　　⑤ 五步舞(cinque-pace)：一种有前后跳跃动作的欢快舞蹈，以此比喻人老时熬不住婚姻折腾。与"急速下沉"(sink-apace)谐音双关，故下文言"沉入坟墓"。

　　⑥ "懊悔"(Repentance)：中世纪道德剧中的"懊悔"角色，是位瘸腿老人。

　　⑦ 教堂为举行婚礼的场所，比阿特丽斯以"能看清一座教堂"形容自己能看清婚姻。

唐·佩德罗	小姐，愿与您的追求者转一圈①吗？
希罗	只要您脚步轻，面色温和，一言不发，我陪您转，——尤其在我转身离开时。
唐·佩德罗	能陪我跳舞吗？
希罗	等我高兴了，也许这样说。
唐·佩德罗	您什么时候高兴这样说？
希罗	当我喜欢上您的面孔，因为上帝不准琉特琴长得像琴匣子②！
唐·佩德罗	我的面具是菲勒蒙的屋顶，屋子里是周甫。③
希罗	那，您的面具该盖上茅草④。
唐·佩德罗	您若说情话，悄声说。(带她到一旁。)
巴尔萨泽	(向玛格丽特。)好，希望您喜欢我。
玛格丽特	为您自己好，我不愿这样。因为我有好多坏毛病。

---

① 转一圈(walk a bout)：有些舞蹈，配好舞伴的男女先转一圈，随后加入跳舞。

② 原文为"For God defend the lute should be like the case."，此为隐喻，意即"上帝不准您的面孔像所戴面具这样丑"。因跳舞者都戴着面具，唐·佩德罗所戴面具形状奇丑。朱生豪译为："但愿上帝保佑琴儿不像琴囊一样难看。"梁实秋译为："因为上帝不准一只琵琶会像匣子一般丑！"

③ 意即"别看我戴的面具丑，面具下是天神一样的面孔"，此处化用古罗马诗人奥维德(Ovid, 公元前43—公元17)《变形记》(*Metamorphoses*)中"菲勒蒙与波西斯"(Baucis and Philemon)的故事：菲勒蒙与波西斯是弗里吉亚(Phrygia)一对贫穷农民夫妇，住在一间茅草屋里。众神之王周甫(Jove)，即朱庇特(Jupiter)，与诸神信使墨丘利(Mercury)乔装下凡，四处投宿，无处收留，受到菲勒蒙夫妇的热情款待。后来，二位天神将茅屋变为神殿，这对夫妇成为祭司。

④ 暗讽唐·佩德罗亲王头发少。

唐·佩德罗　　我的面具是菲勒蒙的屋顶,屋子里是周甫。

希罗　　　　那,您的面具该盖上茅草。

唐·佩德罗　　您若说情话,悄声说。

巴尔萨泽	说一个?
玛格丽特	祷告时嗓门儿大。
巴尔萨泽	我更加爱您。听者能应声喊"阿门"①。
玛格丽特	愿上帝配给我一个好舞伴!
巴尔萨泽	阿门。
玛格丽特	等这支舞跳完,愿上帝别让我看见他!——应声,教堂执事②。
巴尔萨泽	不用多说,执事得到回应了。(二人跳舞退到一旁。)
厄休拉	(向安东尼奥。)我认人相当准,您是安东尼奥先生。
安东尼奥	一句话,我不是。
厄休拉	从您摇晃脑袋③,我就认出了您。
安东尼奥	跟您说实话,我在故意学他。
厄休拉	如果不是本人,他的毛病不可能学得这么像。瞧这手,上下干瘪。您是他,就是他。
安东尼奥	一句话,我不是。
厄休拉	得啦,得啦。您觉得,凭您非凡的脑子,我

---

① 参见《旧约·申命记》27:11—26:摩西对以色列人说,利未人要向以色列人宣布诅咒,共十二条,宣布每一条,在"要受上帝诅咒"之后,"会众要回答:'阿门!'"《旧约·诗篇》106:48:"愿上主——以色列的上帝得到称颂,/从亘古直到永远!/愿万民同声说:'阿门!'"

② 教堂执事(clerk):教会神职人员,在做礼拜祷告时,负责应声喊"阿门"。

③ 上年纪的人,常有轻微摇头症状。

认不出您？优点藏得住吗？别闹了，安静，您就是他。优点总要显露出来。不多说了。(二人跳舞退到一旁。)

比阿特丽斯　(向本尼迪克。)这话谁跟您说的，您不肯告诉我？

本尼迪克　不，请您原谅。

比阿特丽斯　也不肯告诉我，您是谁？

本尼迪克　现在不能。

比阿特丽斯　说我倨傲，说我有个好脑子，从《百篇快乐故事集》[①]里来。——嗯，这话一定是本尼迪克先生说的。

本尼迪克　他是谁？

比阿特丽斯　我敢说，您跟他十二分熟。

本尼迪克　不认识，相信我。

比阿特丽斯　他从未逗您发笑？

本尼迪克　请问您，他是干什么的？

比阿特丽斯　哎呀，他是亲王的弄臣，一个极其无聊的傻瓜[②]。唯一的天赋是捏造不可思议的丑闻。除了浪荡子，没人喜欢他，没人夸他

---

①《百篇快乐故事集》(*Hundred Merry Tales*)：一部轻松逗趣的快乐笑话集，1525年，由耶稣会教士约翰·拉斯泰尔(John Rastell, 1532—1577)印行，多有荤段子，流行一时，伊丽莎白女王喜读。朱生豪译为《笑话百家》。梁实秋译为《笑话百篇》。

②"弄臣""傻瓜"均为受雇说笑逗趣的宫廷小丑。

	有脑子，只夸他粗俗，因为他既逗人开心，又惹人生气，因此，人们既笑他，又打他。我敢说，他就在戴面具的人群里。——（旁白。）但愿他靠拢①我。
本尼迪克	等认识了这位先生，我把您的话告诉他。
比阿特丽斯	务必，务必。他顶多拿两个讥讽的比喻向我对冲。②说完了，也许——没人在意，或没人发笑，——使他陷入忧郁，这倒省下一只鹌鹑翅膀③，因为那个傻瓜肯定当晚吃不下饭。（内奏音乐。）——咱们得跟上领舞的。
本尼迪克	凡事应如此。
比阿特丽斯	不，要是领出什么毛病，下一圈我就不跟了。（起舞。除唐·约翰、波拉齐奥及克劳迪奥，余众均下。）
唐·约翰	（旁白。向波拉齐奥。）我哥哥肯定爱上了希罗，他将她父亲拉走，把话说破。女人们

---

① 靠拢（boarded）：航海术语，指靠拢敌船，以便强行登船攻击。此句含性意味，意即"但愿他贴过来跟我搭话，勾引我"。原文为"I would he had boarded me."。朱生豪译为："我希望他会碰到我！"梁实秋译为："但愿他撞到我手里来。"

② 原文为"He's but break a comparison or two on me."，化用中世纪骑士比武"用矛枪对冲"（break a lance with）的说法。朱生豪译为："他听见了顶多把我侮辱两句。"梁实秋译为："他只能用比拟不伦的笑话讥嘲我一番。"

③ 鹌鹑翅膀（partridge wing）：鹌鹑本身很小，翅膀更没肉。比阿特丽斯以此挖苦本尼迪克气得当晚没胃口。

	都跟她去了,只留下一个戴面具的。
波拉齐奥	那是克劳迪奥。从他举止,我就知道。
唐·约翰	(向克劳迪奥。)您不是本尼迪克先生吗?
克劳迪奥	您没认错。我就是。
唐·约翰	先生,您和我哥哥十分亲近。他爱上了希罗。我请您劝阻,让他放手。她跟他身份不相称。在这上,您可以演好一个老实人的角色①。
克劳迪奥	您怎么确定他爱她?
唐·约翰	我听见他誓言相爱。
波拉齐奥	我也听见了,他还发誓,今晚要娶她。
唐·约翰	走,咱们去吃甜点②。(唐·约翰与波拉齐奥下。)
克劳迪奥	我这样冒用本尼迪克之名应答,
	由克劳迪奥的耳朵听来坏消息。
	亲王为他自己求婚;果真如此。
	友情在一切事上恒久,
	只有恋爱这件事除外。
	所以,让所有相恋之心用自己舌头;
	让每一只眼睛为自己磋商,

---

① 原文为"You may do the part of an honest man in it.",意即"您可以实言相告"。朱生豪译为:"您要是肯这样去劝他,才是一个正人君子的所作所为。"梁实秋译为:"你可以老实地向他进一忠告。"

② 甜点(banquet):指跳舞后提供的酒水糖果之类。

代理人靠不住；因为美貌是个女巫，

一靠近她的魔咒，忠诚熔化为情欲。

对这种每小时可见发生的事①，

我没起过疑心。所以，再见，希罗！

（本尼迪克上。）

本尼迪克	克劳迪奥伯爵？
克劳迪奥	对，正是。
本尼迪克	来，想跟我一起走吗？
克劳迪奥	去哪儿？
本尼迪克	去最近一棵杨柳②树下，关于您自己的事，伯爵。柳条编的花环，您要怎样佩戴？套脖子上，像放高利贷者戴的金链子③？或斜穿腋下，像军官的肩带④？您必须戴出一种样子，因为亲王得到了您的希罗。
克劳迪奥	我希望他能享有她。⑤
本尼迪克	哎呀，这口气像诚实的牛贩子。卖小公牛

---

① 意即"情人变心的事司空见惯"。

② 杨柳（willow）：失恋的象征。

③ 金链子（gold chain）：财富的象征。

④ 军官的肩带（lieutenant's scarf）：军官斜佩的肩带，军衔等级的象征。本尼迪克说这句话，意在问克劳迪奥："佩德罗亲王向希罗求婚，您打算像放高利贷者那样向他要钱补偿，还是像军官那样与他决斗？"

⑤ 克劳迪奥说的是反话。原文为"I wish him joy of her."。朱生豪译为："我希望他姻缘美满！"梁实秋译为："我愿他能从她那里得到快乐。"

时，他们都这样说。但您想到，亲王会这样待您吗？

克劳迪奥　我请您走开。

本尼迪克　嗬！您现在像瞎子乱打人！——偷您的肉是那个男孩儿，您却来打柱子①。

克劳迪奥　您不走开，我走开。(下。)

本尼迪克　唉！可怜的受伤的鸟儿！现在，他要爬进芦苇丛。——不过，我的比阿特丽斯小姐该认得我，没认出来！亲王的弄臣！——哈！多半因我快乐，传开这个名号。——是的，但用这种方式，反倒冤枉了自己。我没落下这样的名声。是比阿特丽斯的下流想法、尖刻性情，把她本人的意见归给世人，来这样造我谣。②哼，我要尽我所能复仇。

(唐·佩德罗亲王上。)

---

① 此处化用16世纪中期出版的西班牙小说《托美思河的小癞子》(*La Vida de Lazarillo de Tormes*)中的情节：小癞子偷了瞎眼师父的香肠，师父眼瞎，欲捉不能，只好打柱子撒气。本尼迪克言外之意是："亲王偷了您的希罗，您却让我走开，拿我撒气。"

② 原文为"It is the base thought, bitter disposition, of Beatrice that puts the world into her person, and so gives me out."。朱生豪译为："这都是贝特丽丝凭着她那一副下流刻薄的脾气，认为人人都会同意她的看法，随口编造出来毁谤我的。"梁实秋译为："是璧阿垂斯的脾气太卑鄙刻毒，硬把她的意见作为是世人的意见，把我说得不堪入耳。"

唐·佩德罗	喂,先生,伯爵在哪儿？您见过他吗？
本尼迪克	以我的信仰起誓,殿下,我演了一回"传谣夫人"①的角色。刚在这儿见过他,忧郁得像猎场看守人住的小屋②。我跟他说了,想必是实情,殿下已得到这位年轻姑娘情爱。我提出陪他到一棵杨柳树下,要么给他编个花环,因他遭恋人遗弃,要么给他扎一根柳条鞭,因他该挨鞭打。
唐·佩德罗	鞭打！犯了什么错？
本尼迪克	硬生生犯了一个学童的错,找见一处鸟窝,万分高兴,指给同伴看,结果被同伴偷走。
唐·佩德罗	您把信任算过错？错在偷窃者身上。
本尼迪克	好在那根鞭子扎得没毛病,花环也没编错。因为花环他可以自己戴,鞭子可以赠给您,照我的话说,您偷走了他的鸟窝。
唐·佩德罗	我只教窝里的鸟儿唱歌,教完复归原主。
本尼迪克	如果鸟儿唱的跟您说的一致,以我的信仰起誓,您说了实话。
唐·佩德罗	比阿特丽斯小姐跟您吵过嘴。陪她跳舞的那位先生对她说,您没少作践她。

---

① "传谣夫人"(Lady Fame)：中世纪道德剧中的一个角色,浑身画满舌头,以传播谣言为能。

② 象征孤寂失落之地。

本尼迪克　　啊！她骂得我，木头块都受不了！①一棵橡树，哪怕只剩一片绿叶，都要还嘴。我那假面具都快被骂活了，要跟她对骂。她说我，——没觉出我是我本人——是亲王的弄臣；比化雪的日子更乏味②；她用这种不可思议的杂耍，把一个挨一个笑话堆在我身上，好像我成了站在箭靶子旁边那个人③，整支军队向我射来。她说话像短剑，字字扎人。倘若她的呼吸像她的措辞一样可怕，她身边就没了活物。连北极星都会染病。即便拿亚当犯罪前的一切所有④给她做嫁妆，我也不娶她。她会叫赫拉克勒斯⑤转烤肉叉，对，还会劈开他的大头棒，拿来生火。算了，不提也罢。您会发

①　原文为"She misused me past the endurance of a block！"朱生豪译为："她才把我侮辱得够惨。"梁实秋译为："她把我骂惨了，木石都无法忍受。"

②　更乏味（duller）：与"更愚笨"双关。大雪初化，道路泥泞，人无法外出，居家生活枯燥、沉闷、乏味。

③　指守靶人。长距离射箭时，守靶人为射箭者提供方向引导，但有遭误射受伤的危险。

④　参见《旧约·创世记》1:26："上帝说，'我们要照自己的形象、自己的样式造人。让他们管理鱼类、鸟类和一切牲畜、野兽、爬虫。'"之后，亚当偷食禁果犯下人类原罪，被上帝逐出伊甸园。

⑤　赫拉克勒斯（Hercules）：古希腊神话中的大力神英雄，完成十二件功绩。相传他因杀了伊菲托斯（Iphitus），受罚卖身给吕狄亚（Lydia）女王翁法勒（Omphale）当了三年奴隶。女王收走他的棍棒，命其穿女装，列为女仆，纺羊毛，转烤肉叉。

现,她是恶魔般的埃特①,穿了一身好看的衣服。我希望上帝派哪位学者,用祈祷驱除她身上的邪灵②,因为可以肯定,只要她活在世上,一个人住地狱像在避难圣所里一样安静,于是,人们想去那儿,只好故意犯罪③。所以,真的,一切不安、恐怖和纷乱,都尾随她。

（克劳迪奥、比阿特丽斯、希罗与里奥那托上。）

唐·佩德罗	看,她来了。
本尼迪克	您可否命我去世界末端随便干个差事?为一丁点儿差事,我情愿现在去地球另一面的对踵点④,您可以想法送我去;我情愿现在去亚细亚最远那一英寸,给您取一根牙签;给您量祭司王约翰⑤脚有多长;替您

---

① 埃特(Ate):古希腊神话中的争斗与复仇女神,专门挑唆人们争斗、流血。原文为"You shall find her the infernal Ate in good apparel."。朱生豪译为:"她就是变相的母夜叉。"梁实秋译为:"你会发现他是衣冠齐整的凶恶的哀蒂女神。"

② 中世纪人们认为,懂拉丁文的学者能通过祈祷,祈求上帝驱逐人身体里的邪灵。

③ 原文为"While she is here, a man may live as quiet in hell as in a sanctuary, and people sin upon purpose because they would go thither.",意即"只要比阿特丽斯活在人世,地狱会成为人们的避难圣所"。

④ 地球另一面的对踵点(Antipodes):指地球另一半球与目前位置相对应的地点。

⑤ 祭司王约翰(Prester John):传说中一位信奉基督教的中世纪强大王国的国王兼祭司,统治过远东地区和埃塞俄比亚。

从大可汗①脸上揪一根胡子;替您出使矮人族②;——也不愿和这个鹰身女妖③连说三句话。您没差事派给我吗?

唐·佩德罗　没有,除了请您作好朋友。

本尼迪克　啊,上帝! 殿下,我不爱这道菜! ——受不了这位"舌头小姐"④。(下。)

唐·佩德罗　来,小姐,来。您失去了本尼迪克先生的心。

比阿特丽斯　的确,殿下,他把它借给我一小会儿。我给了他利息,——双倍⑤的心换他单个心。以圣母马利亚起誓,有一次,他掷骰子作弊赢过它,因此,殿下真可以说,我失去了它⑥。

唐·佩德罗　您放倒了他⑦,小姐,您放倒了他。

---

① 大可汗(great Cham):元朝皇帝忽必烈汗(Kubla Khan)。

② 矮人族(Pygmies):相传古代居住在埃塞俄比亚和印度的矮人。

③ 鹰身女妖(harpy):古希腊神话传说中的鹰身女妖,生性凶猛、贪婪。此句原文为"rather than hold three words' conference with this harpy."。朱生豪译为:"可是我愿意跟这妖精谈三句话儿。"梁实秋译为:"总比和这利爪的鹰谈三言两语要好一些。"

④ "舌头小姐"(Lady Tongue):"舌头"与动物(牛、羊等)"口条"双关。牛舌、羊舌,都是一道菜。

⑤ 双倍(double):有"欺骗的"含义。整句话意思是"我们刚在舞会上斗过嘴,他骗了我一次,我骗他两次,加倍奉还"。原文为"He lent it me awhile, and I gave him use for it, a double heart for his single one."。朱生豪译为:"他把他的'欢心'借给我一阵子,我呢,为此付了他欢心费,他则一心变二心。"梁实秋译为:"他曾经借给我一个时期;我给他出了利息,付出了双倍的心。"

⑥ 整句话暗示:"上一回他向我求爱,斗嘴占了上风。"

⑦ 原文为"You have put him down.",意即"您凭脑子打败了他",含性意味,暗指"性征服"。

比阿特丽斯	所以，我不愿他把我放倒①，殿下，否则，我早变成一群傻瓜的妈了。——您派我去找克劳迪奥伯爵，我带他来了。
唐·佩德罗	呃，怎么样，伯爵？您为何哀愁？
克劳迪奥	并非哀愁，殿下。
唐·佩德罗	那又为何？病了？
克劳迪奥	也不是，殿下。
比阿特丽斯	伯爵既不哀愁，又没病，没不开心，没身体不适。只是一位庄严的伯爵，庄严得像个橘子，橘黄色还带点儿嫉妒。②
唐·佩德罗	说真的，小姐，您描绘③准确。但我要发誓，若真这样，那他想错了。——嘿！克劳迪奥，我以你的名义求婚，赢得了美丽的希罗。我已向她父亲挑明，也得到应允。指定结婚日，上帝给你快乐！

---

①原文为"I would not he should do me."，比阿特丽斯以含性暗示之语"do me(i.e. put me down)"回敬。整句话意即"他若在床上放倒过我，我早变成一群傻孩子的妈"。

②庄严的(civil)：与西班牙城市"塞维利亚"(Seville)谐音双关，塞维利亚盛产一种苦味橘。橘黄色，则与忧郁关联，嫉妒的象征物。此句意即"伯爵的脸色透出嫉妒"。原文为"but civil count, civil as an orange, and something of a jealous complexion"。朱生豪译为："您瞧他皱着眉头，也许他吃了一只酸橘子，心里头有一股酸溜溜的味道。"梁实秋译为："只是一位庄严的伯爵，庄严得像是一只橘子，并且脸上带着一点那妒嫉的颜色。"

③描绘(blazon)：纹章学术语，原义为解说、描述纹章图案。

里奥那托	伯爵,娶走我的女儿,还有我陪嫁的财产。亲王殿下给配成婚,愿一切恩典之源①说一声"阿门"!
比阿特丽斯	说话,伯爵,该您上场了②。
克劳迪奥	(向希罗。)沉默是快乐最完美的传令官。③若说得出有多快乐,那我只有小小快乐。——小姐,像您归属我一样,我归属您。我把自己赠送给您,我很喜欢这笔交易。
比阿特丽斯	说话,妹妹。要么,若张不开嘴,用一吻堵住他的嘴,也别让他开口。(克劳迪奥与希罗接吻。)
唐·佩德罗	实话说,小姐,您有颗快乐的心。
比阿特丽斯	是的,殿下。我感谢它,可怜的蠢东西④,它使我处在烦扰的迎风面⑤。——我妹妹贴着耳朵跟他说,他在她心里。

---

① 一切恩典之源(all grace):即上帝。

② 该您上场了('tis your cue):这是提示你上场(或接台词)的尾白。"尾白"(cue):舞台演出时,上一个演员最末那句台词,提示下一个演员上场或接话。

③ 原文为"Silence is the perfectest herald of joy."。朱生豪译为:"静默是表示快乐的最好的方法。"梁实秋译为:"沉默是快乐之最好的前驱者。"

④ 可怜的蠢东西(poor fool):心的昵称。

⑤ 迎风面(windy side):航海术语。航海时,船只迎风方能避险。原文为"it keeps on the windy side of care.",意即"它使我迎着风躲开烦扰"。朱生豪译为:"从来不知道有什么心事。"梁实秋译为:"它总是能躲开烦恼的袭击。"

克劳迪奥	她真这样说的,姐姐。
比阿特丽斯	仁慈的主,感谢联姻①!——世上除了我,人人成了亲。②我晒得很黑③。只好坐在角落里,喊一声"嘿嗬,给我找个丈夫④!"
唐·佩德罗	比阿特丽斯小姐,我给您找一个。
比阿特丽斯	我情愿找您父亲所生的一个。殿下没有像自己一样的兄弟吗?您父亲生出⑤极好的丈夫,——如果姑娘到他手。
唐·佩德罗	您愿意要我吗,小姐?
比阿特丽斯	不,殿下,除非我另有一个,每天用来干活。殿下太值钱,不能每天穿。⑥但我恳求殿下原谅。我生来开口皆玩笑,没正经的。
唐·佩德罗	您沉默最叫我难受,开心的样子最适于您。因为,毫无疑问,您生在一个快乐时辰。

---

① 感谢联姻(for alliance!):朱生豪译为:"真好亲热"。梁实秋译为:"又添了一位姻亲"。

② 参见《新约·路加福音》20:34:"耶稣回答他们说:'今世的男女有娶有嫁。'"

③ 我晒得很黑(I am sunburnt):伊丽莎白时代女性以肤白为美,晒黑暗示因长得丑嫁不出去。朱生豪译为:"只剩我一个人年老珠黄。"梁实秋译为:"我把脸晒得黝黑。"

④ 原文为"Hey-ho, for a husband.",是一首古老民谣的歌名。朱生豪译为:"哭哭自己的没有丈夫吧!"梁实秋译为:"给我一个丈夫吧!"

⑤ 生出(getting):比阿特丽斯以"生出"(getting)与佩德罗前文所说"得到(希罗父亲的)应允"之"得到"(obtain)构成双关。

⑥ 原文为"Your grace is too costly to wear every day."。此句以穿衣服作比,意即"殿下身份如此高贵,哪能每天干活"。朱生豪译为:"因为您是太贵重了,只好留着在星期日装装门面。"梁实秋译为:"您是太值钱了,不好每天用。"

比阿特丽斯	肯定,不,殿下,阵痛中我妈妈哭了。但当时有颗星在跳舞①,在那星光下,我出生了。——妹妹、妹夫,愿上帝赐你们快乐!
里奥那托	侄女,我跟您提过的事,去照看一下?
比阿特丽斯	请您原谅,叔叔。——(向唐·佩德罗。)请殿下原谅,失陪。(下。)
唐·佩德罗	以我的信仰起誓,她是位活泼、讨人喜欢的小姐。
里奥那托	她体内没半点儿忧郁元素②,殿下。她从不悲伤,除了在梦里,在梦里也从不悲伤,因为听我女儿说过,她常梦见不开心的事,却总把自己笑醒。
唐·佩德罗	一听人提及丈夫,她就受不了。
里奥那托	啊,半句不听。她嘲笑所有追求者,不放弃求婚不算完。
唐·佩德罗	她会成为本尼迪克的好妻子。
里奥那托	主啊!殿下,他们若结了婚,不出一礼拜,都得被她唠叨成疯子。

---

① 相传太阳在耶稣复活节那天跳舞。

② 古希腊医师希波克拉底(Hippocrates, 公元前460—公元前370),被誉为西方"医学之父",认为人体由血液、黏液、黄胆、黑胆四种体液(元素)组成,黑胆汁多者为忧郁性情。原文为"There's little of the melancholy element in her."。朱生豪译为:"她身上找不出一丝丝的忧愁。"梁实秋译为:"她没有半点儿郁闷的性格。"

唐·佩德罗	克劳迪奥伯爵,您打算什么时候去教堂?①
克劳迪奥	明天,殿下。在爱神②举行他的一切仪式之前,时间拄着拐走路。
里奥那托	要下礼拜一,好女婿,正好七个晚上。一切事若随我心愿,时间还嫌太短。
唐·佩德罗	得啦,间隔那么久,你该摇头了。但我向你保证,克劳迪奥,时间不会过得乏味。在这间歇,我要着手做一项赫拉克勒斯的工作③,那就是,带本尼迪克先生和比阿特丽斯小姐进入一座彼此情爱的高山④。我愿配上这一对。我毫不怀疑能促成,只要你们三位按我的指点,从旁协助。
里奥那托	殿下,我听您的令,哪怕叫我熬十晚不睡。
克劳迪奥	还有我,殿下。
唐·佩德罗	那您呢,温柔的希罗?

---

① 意即"什么时候去教堂举行婚礼"。

② 爱神(Love):即丘比特。此句原文为"Time goes on crutches till Love have all his rites.",意即"举行婚礼前,时间走得慢"。朱生豪译为:"在爱情没有完成它的一切仪式以前,时间总是走得像一个扶着拐杖的跛子一样慢。"梁实秋译为:"情人未行婚礼之前,时间像是架着拐走路一般。"

③ 赫拉克勒斯的工作(Hercules' labors):指难以完成的壮举。此句原文为"I will in the interim undertake one of Hercules' labors."。朱生豪译为:"我想在这几天的时间以内,干一件非常艰辛的工作。"梁实秋译为:"在这期间内我要负起一项艰巨的任务。"

④ 一座彼此情爱的高山(a mountain of affection the one with the other):朱生豪译为:"彼此热烈相恋起来"。梁实秋译为:"互相的海誓山盟。"

希罗　　　　　　为帮姐姐得个好丈夫,我愿扮演任何适当的角色。

唐·佩德罗　　　(向希罗。)据我所知,本尼迪克算不上最没指望的丈夫。至少我能这样夸赞:他出身贵族血统,英勇经受过考验,有确定的荣誉。我要教您如何顺应您姐姐,让她爱上本尼迪克。——我呐,(向里奥那托和克劳迪奥。)有您二位相助,向本尼迪克用计谋,就算他脑子快、胃口挑剔,一定会爱上比阿特丽斯。这事若能成,丘比特不再是弓箭手。他的荣耀归属我们,因为我们是真正的爱神。与我一同进去,我要把计划告诉你们。(同下。)

第二场

里奥那托家中另一室

（唐·约翰与波拉齐奥上。）

唐·约翰　真这样。克劳迪奥伯爵要和里奥那托的女儿结婚。

波拉齐奥　是的，爵爷，但我能挫败它。

唐·约翰　任何阻止、任何挫败、任何障碍，都对我有疗效。我反感他成了病态，凡与他心愿相反的事，无不赞同。你如何能挫败这桩婚事？

波拉齐奥　不正当的手段，爵爷。但我做得隐秘，就显不出不正当。

唐·约翰　简单说一下怎么做？

波拉齐奥　记得一年前我跟您说过，玛格丽特，希罗的贴身侍女，对我十分有好感。

唐·约翰　记得。

波拉齐奥　我可以命她，在夜里随便哪个不适当的片刻①,从小姐寝室的窗口向外张望。

唐·约翰　那里有什么生机,能把这婚事毁掉?

波拉齐奥　那毒药仰仗您来调制。去见您的亲王哥哥,不留情面地告诉他,让有名望的克劳迪奥——您要竭力抬举他的价值——跟一个像希罗这样遭玷污的妓女结婚,损害了他的荣誉。

唐·约翰　我能拿出什么证据?

波拉齐奥　证据足以骗过亲王,困扰克劳迪奥,毁掉希罗,杀死里奥那托。您指望有别的结果吗?

唐·约翰　只要能折磨他们,我愿尽力做任何事。

波拉齐奥　那,走。找个适当时候,让唐·佩德罗和克劳迪奥伯爵单独相聚。告诉他们,您知道希罗爱我。装出对亲王和克劳迪奥都很忠诚的样子,这样说,——出于对您哥哥荣誉的爱护,他促成了这桩婚事;并出于对他朋友的名誉之爱,他朋友可能因此受一个处女外表所骗,②——您才要揭穿此事。不给出证据,

① 夜里不适当的片刻(unseasonable instant of the night):指深更半夜,在此尤指后半夜。

② 原文为"Intend a kind of zeal both to the prince and Claudio——as in a love of your brother's honour, who hath made this match, and his friend's reputation, who is thus like to be cozened with the semblance of a maid."。朱生豪译为:"因为这次婚姻是亲王一手促成,现在克劳迪奥将要娶到一个已非完璧的女子,您不忍坐视他们受人之愚。"梁实秋译为:"假装对王爷及克劳迪奥很热心的样子,作为是爱护你哥哥的名誉,因为媒是他作的,并且作为是爱护他的朋友的名誉,因为他可能被假的处女所骗。"

　　　　　　　这事他们很难信。给他们拿证据,拿的证据
　　　　　　　不少于让他们亲眼见我在她寝室窗口,听我
　　　　　　　管玛格丽特叫希罗,听玛格丽特叫我克劳迪
　　　　　　　奥,在预订婚礼的头天夜里,引他们来看这
　　　　　　　场戏,——因为与此同时,我来巧作安排,要
　　　　　　　让希罗不在场,——要让希罗的不忠显出确
　　　　　　　有其事,要让猜疑改叫确定,要让一切准备
　　　　　　　都推翻。①

唐·约翰　　　这计划产生的结果无论多有害,我都要落到
　　　　　　　实处。这事要办得狡猾,报酬一千达克特②。

波拉齐奥　　只要您的指控不变,我的狡猾不会叫我丢脸。③

唐·约翰　　　我立刻去打听他们结婚的日子。(同下。)

———————————

　　① 原文为"There shall appear such seeming truths of Hero's disloyalty that jealousy shall be called assurance and all the preparation overthrown."。朱生豪译为:"一定会相信希罗果真是一个不贞的女子,在妒火中烧的情绪下,决不会作冷静的推敲,这样他们的一切准备就可以全部推翻了。"梁实秋译为:"要把希罗的不贞弄得像是真的一般,使猜疑变为实在,一切婚礼准备全部推翻。"

　　② 达克特(ducats):在中世纪欧洲流通的一种金币,一达克特币值约合四五先令。

　　③ 原文为"Be you constant in the accusation, and my cunning shall not shame me."。朱生豪译为:"您只要一口咬定,我的妙计是不会失败的。"梁实秋译为:"只要你肯坚决地去指控,我必小心办理,不至有差池。"

第三场

里奥那托家花园

（本尼迪克上。）

本尼迪克　　侍童！

（侍童上。）

侍童　　　　先生？

本尼迪克　　在我寝室窗前有本书，给我拿到花园这儿来。

侍童　　　　我已经在这儿了，先生。

本尼迪克　　知道。但我要你先去，再回这儿来。（侍童下。）——我实在好奇，一个人，见了另一个人把自己的言行献给恋爱时有多傻，却在嘲笑别人浅薄愚蠢之后，陷入恋爱，变成自己嘲讽的话柄。——克劳迪奥正是这种人。我记得，他从前身边除了军鼓和横笛①，没有音

---

① 军鼓和横笛（drum and fife）：一般演奏军乐时，军鼓与横笛同奏。

乐；如今却情愿听小鼓和木笛①。我记得，他从前能步行十里去看一副好盔甲；如今却可以十宿不睡，设计一种新款紧身衣。他说话一向简单，直奔要点，——像实在人，有军人样；——如今却变成一个修辞学家。他的话犹如一桌奇特的筵席，——太多怪异的菜肴。我也会变成这样，用恋人的双眼看东西？我说不准；想必不会。我不要发誓，恋爱不会把我变成一只牡蛎②。但我要发誓，在我没变成牡蛎之前，绝不能让恋爱把我变成这种傻瓜。一个女人长得貌美，——我不动心；另一个女人生来聪明，——我也不动心；又一个女人温淑贤良，——我还不动心。但除非有个女人集一切美德于一身，否则，没哪个女人能赢得我的好感。她得有钱，这是确定的；得聪明，不然我不要；得贞洁，不然我永不出价买③；得美貌，不然我永不会看她一眼；得温柔，不然甭靠近我；得高贵，不然就

① 小鼓和木笛（tabor and pipe）：一般作舞蹈伴奏乐器。
② 牡蛎（oyster）：意即"低等生灵；像牡蛎那样闭口不开"。
③ 出价买（cheapen）：意即"我一辈子也不会为娶她讨价还价"。朱生豪、梁实秋均译为"领教"。

算天使^①我也不娶;得能说会道,得是个出色的音乐家,头发颜色得讨上帝喜欢。——哈! 亲王和"爱神先生"^②! 我要在藤架里藏身。(藏入藤架。)

(唐·佩德罗、里奥那托、克劳迪奥、巴尔萨泽及乐师数人上。)

唐·佩德罗　　来,咱们听这音乐?

克劳迪奥　　好,仁慈的殿下。——夜晚多静谧,好似肃静有意向乐曲致敬!

唐·佩德罗　　您弄清本尼迪克藏在哪儿了?

克劳迪奥　　啊! 非常清楚。等音乐一结束,我们要给这只小狐狸一笔上算的买卖^③。

唐·佩德罗　　来,巴尔萨泽,这曲子我们再听一遍。

巴尔萨泽　　啊! 我仁慈的殿下,别令如此糟的噪音,不止一次给音乐丢脸^④。

---

① "高贵"(noble)与上面刻有天使像的"天使(金币)"(angle)双关。此处拿"高贵"(noble)和"天使"(angle)玩文字游戏;而且,"诺布尔"(noble)本身即货币,币值六先令八便士。"天使(币)"币值十先令。此句意即"她若出身不高贵,哪怕是个天使,我也不娶"。

② "爱神先生"(Monsieur Love):指克劳迪奥。

③ 原文为"We'll fit the kid-fox with a pennyworth.",意即"我们要给这狡猾的小伙子一桩好婚姻"。朱生豪译为:"我们要叫这只小狐狸钻进我们的圈套。"梁实秋译为:"我们要令这隐身的狐狸得到他所应得的。"

④ 原文为"Tax not so bad a voice / To slander music any more than once."。朱生豪译为:"像我这样坏的噪音,把好好的音乐糟蹋了一次也就够了,不要再叫我献丑了吧。"梁实秋译为:"别令我这个破噪子来糟蹋这好音乐到一遍以上。"

唐·佩德罗　　对自身完美之处板一张怪脸,永远是卓异的证明①。——我请你,唱,让我别再恳求。

巴尔萨泽　　您说了恳求,那我就唱。因为好多求婚者一开始,都觉得她不值得追求②,却仍要追求,还发誓说爱她。

唐·佩德罗　　好,你请唱。若想多说点什么,放音符里去说。

巴尔萨泽　　在我开唱之前,注意这句话:我歌里没一个音符值得听。③

唐·佩德罗　　哎呀,他话里全是四分音符④!注意音乐,真的,没别的⑤!(音乐响起。)

本尼迪克　　(旁白。)好了,神圣的曲调!他的灵魂为之着迷!——羊肠子⑥能把灵魂从人身体里拽出来,不奇怪吗?——嗯,等一切结束,打猎的

---

① 原文为"It is the witness still of excellency / To put a strange face on his own perfection.",意即"对自己在行的技能假装不熟悉,总是真有本事的证明"。朱生豪译为:"越是本领超人一等的人,越是不肯承认他自己的才能。"梁实秋译为:"冒充不知道自己的优异之点正是卓越的证明。"

② 此处前文"恳求"(woo)与后文"追求"(wooing)构成双关。

③ 原文为"Note this before my notes: / There's not a note of mine that's worth the noting."。句中"注意"(note)与"音符"(note)构成双关。朱生豪译为:"在我开唱以前,先听我开言:我开唱的歌儿是一句也不会使你们开心的。"梁实秋译为:"在我的音乐开始之前请注意;我唱的歌里没有一个音调是值得注意的。"

④ 四分音符(crotchets):与"怪念头"双关。此句意即"他说的全是蠢话"!

⑤ 原文为"Note notes, forsooth, and nothing!"。"没别的"(nothing, i.e. nothing else)与"注意"(noting)谐音双关,意即"留神音符,别注意其他"!朱生豪译为:"他在那儿竟说些废话——开呀开的。"梁实秋译为:"一声声的怪好听,可是却空无所有!"

⑥ 羊肠子(sheep's guts):指琴弦。本尼迪克不喜欢音乐,故以此称之。

号角正合我意①。

巴尔萨泽　　　　（唱。）

　　　　　　　别再叹息，姑娘，别再叹息，

　　　　　　　男人永远是骗子；

　　　　　　　一脚在海里，一脚在岸上；

　　　　　　　对一件事永不会不变。

　　　　　　　莫要如此叹息，让他们离去，

　　　　　　　做个快乐无忧的姑娘；

　　　　　　　把一切悲苦的乐音，

　　　　　　　化成"嘿侬呢，侬呢"②。

　　　　　　　别再唱歌，别再唱

　　　　　　　这样沉闷抑郁的悲歌！

　　　　　　　男人的欺诈向来如此，

　　　　　　　因为初夏便树叶繁茂。

　　　　　　　莫要如此叹息，让他们离去，

　　　　　　　做快乐无忧的姑娘；

　　　　　　　把一切悲苦的乐音，

　　　　　　　化成"嘿侬呢，侬呢"。

唐·佩德罗　　　以我的信仰起誓，一首好歌。

---

　　① 打猎的号角（horn）：一种比琉特琴（Lute）更男性化的乐器，与"犄角"双关。原文为"A horn for my money, when all's done."，意即"我情愿跟随打猎的号角，也不愿听花哨的歌唱"。朱生豪译为："等他唱好以后，少不了要布施他几个钱。"梁实秋译为："还不如令我头上生角哩。"

　　②"嘿侬呢，侬呢"（Hey nonny nonny）：表示欢快的无意义的叠句。

巴尔萨泽	一个坏歌手,殿下。
唐·佩德罗	哈,不,不,真不错。你唱得很好,救急用足够。
本尼迪克	(旁白。)倘若他是条狗,这样嚎叫,得被人吊死。我祈求上帝,他的破嗓子别是灾祸之兆。我情愿听夜鸦叫,甭管有什么瘟疫随之而来。
唐·佩德罗	是的,以圣母马利亚起誓。听明白了,巴尔萨泽?请你弄点儿好音乐,因为明晚我们要在希罗小姐寝室窗口弹唱。
巴尔萨泽	尽我所能,殿下。
唐·佩德罗	就这样办,再见。(巴尔萨泽及乐师数人下。)——来这儿,里奥那托。今天您跟我说的什么,——您侄女比阿特丽斯爱上了本尼迪克先生?
克劳迪奥	啊,对!——(向唐·佩德罗旁白。)蹑足前行,蹑足前行;野禽藏在那儿。[1]——(高声。)我从未想过,那位小姐会爱上哪个男人。
里奥那托	是,我也没想过。但顶奇怪的是,她对本尼迪克先生如此痴情,在所有表面举止上,她似乎一向憎恶他。

---

[1] 原文为"Stalk on, stalk on; the fowl sits.",意即"本尼迪克躲在那儿等着被骗,咱们要像狩猎野禽一样,蹑手蹑足悄悄向前走"。朱生豪译为:"小心,小心,鸟儿正在那边歇着呢"。梁实秋译为:"潜行前进,潜行前进;鸟儿落在那里。"

克劳迪奥　　我从未想过,那位小姐会爱上哪个男人。

　　……

本尼迪克　　(旁白。)这可能吗?风向是这样的?

本尼迪克　　（旁白。）这可能吗？风向是这样的？

里奥那托　　以我的信仰起誓，殿下，真不知该怎样去想，但她爱他，一种狂暴的情爱。——超出想象的极限。①

唐·佩德罗　　没准只是装样子。

克劳迪奥　　说实话，真没准。

里奥那托　　啊，上帝！装的？装出来的情感，从未像她所表露得这样贴近真情实感。

唐·佩德罗　　哎呀，她有什么情爱表现吗？

克劳迪奥　　（向二人旁白。）上好钓饵，这条鱼要咬钩。

里奥那托　　什么表现，殿下？——她整宿坐着，——（向克劳迪奥。）听我女儿跟您说过什么吧。

克劳迪奥　　听到过。

唐·佩德罗　　怎样，怎样？请您说来听。您使我惊讶。我原以为，迎战一切情感攻袭，她的灵魂不可战胜②。

里奥那托　　我敢发誓，那颗灵魂不可战胜，殿下，尤其迎战本尼迪克。

本尼迪克　　（旁白。）这话若非由这白胡子家伙来说，我认

---

① 原文为"It is past the infinite of thought.", 意即想不到有这样的事。朱生豪译为："谁也万万想象不到会有这样的怪事。"梁实秋译为："简直令人难以想象。"

② 原文为"Her spirit had been invincible against all assaults of affection."。朱生豪译为："像她那样的性格，是无论如何不会受到爱情的攻击的。"梁实秋译为："她的心是不会被任何爱情的攻击所摧毁。"

准是恶作剧。如此可敬之人断无可能暗藏
欺诈。

克劳迪奥　　（向二人旁白。）他染上病了。①继续。

唐·佩德罗　　她这份情感，向本尼迪克表白过？

里奥那托　　没，她发过誓，决不会表白。这是她痛苦之源。

克劳迪奥　　真这样，您女儿听她说过这话："一碰面我就
　　　　　　嘲讽他，难道要我给他写信，说爱他？"

里奥那托　　现在每当她提笔给他写信，就说这句话。因
　　　　　　为她一夜要起床二十次。穿着睡裙坐在那
　　　　　　儿，写满整页纸再睡。——我女儿都跟我们
　　　　　　说了。

克劳迪奥　　谈起整页纸，我想起您女儿跟我们说过一个
　　　　　　有趣的笑话。

里奥那托　　啊！——说当她写完，再读一遍，发现"本
　　　　　　尼迪克"和"比阿特丽斯"两个名字刚好对
　　　　　　折上②？——

克劳迪奥　　正是。

里奥那托　　啊！她把信撕成一千个小碎片；责骂自己，
　　　　　　居然如此不顾廉耻，给明知会嘲笑自己的那

———————————

　　① 原文为"He hath ta'en th'infection."，意即"他上当了"。朱生豪译为："他已经
上了钩了。"梁实秋译为："他已经中计了。"
　　② 对折上（between the sheet）：与"床单"（bedsheets）双关，暗指"比阿特丽斯希
望与本尼迪克合为一体"。

个人写信。她说:"拿我自己的灵魂去衡量。因为她若给我写信,我会嘲弄他。是的,就算爱他,我也照样。"

克劳迪奥　说完,她双膝跪地,落泪,啜泣,捶胸,扯头发,祈祷,诅咒——"啊,亲爱的本尼迪克!上帝赐予我耐心!"

里奥那托　真这样。我女儿也这样说。癫狂压得她那么厉害,我女儿有时真怕她对自己做出绝望的暴行①。绝对没错。

唐·佩德罗　她本人若不愿表露,最好由谁把这事告知本尼迪克。

克劳迪奥　那图什么? 只图叫他取笑一番,把这小姐折磨得更苦。

唐·佩德罗　他如果这样,吊死他是在做善事! 她是位极好的甜美姑娘,毫无疑问,是贞洁的。

克劳迪奥　聪明极了。

唐·佩德罗　事事聪明,除了爱本尼迪克。

里奥那托　啊,殿下! 在这样娇柔的身体里,智慧与情感交战,我们有十对一的证据,情感获胜。我为她难过,有正当理由,因为我是她的叔

---

① 绝望的暴行(desperate outrage):指自杀。

叔和监护人①。

唐·佩德罗　真愿她把这份痴情赋予我。我会甩开一切顾虑,让她成为自己的另一半。请您把这话告诉本尼迪克,听听他怎么说。

里奥那托　您觉得,这样好吗?

克劳迪奥　希罗觉得,她肯定活不成。因为她说,如果他不爱她,她会死的。她宁死也不愿让本尼迪克知道这份情。哪怕他来求婚,她也宁死不愿把养惯的坏脾气,减少一口气。②

唐·佩德罗　这样好。她若把爱献出去,极有可能遭他鄙夷。因为这个人,——你们都晓得——有个傲慢性子。

克劳迪奥　人很帅气。

唐·佩德罗　的确有一副幸运的好外表。

克劳迪奥　上帝在上,依我看,人很聪明。

唐·佩德罗　他确实显出些类似才智的迹象。

里奥那托　我认为他很勇敢。

———————

① 监护人(guardian):里奥那托总督是比阿特丽斯的监护人,这说明比阿特丽斯父母双亡,寄养在叔叔家。

② 原文为"And she will die, if he woo her, rather than she will bate on breath of her accustomed crossness."。朱生豪译为:"即使他来向她求婚,她也宁死不愿把她平日那种倔强的态度改变一丝一毫。"梁实秋译为:"她宁可在他向她求婚时死,亦不愿减去她平凤的乖戾之一分一毫。"

唐·佩德罗　　像赫克托①一样,我向您保证。在处理争吵上,您可以说他聪明。因为,他要么以高度的谨慎避免,要么以一种最像基督徒那样的敬畏接招。②

里奥那托　　如果他真敬畏上帝③,务要保持和平。一旦打破和平,自当心存畏惧与战栗加入争执④。

唐·佩德罗　　他一定会这样。因为这个人敬畏上帝,甭管怎样,似乎不能拿他会开一些粗俗玩笑来评判。⑤唉,我为您女儿难过。要不我们去找本尼迪克,把这份情爱告诉他?

克劳迪奥　　千万别说,殿下。让她好好反思,根除这份情。

里奥那托　　不,那不可能。没等根除,可能心先碎了。

唐·佩德罗　　好,我们可以从您女儿那里听到后续。让这事暂时冷却。我很喜欢本尼迪克,希望他能

---

①　赫克托(Hector):特洛伊战争中的特洛伊王子,与阿喀琉斯决斗的凡人英雄,英勇善战。

②　原文为"For either he avoids them with great discretion, or undertake them with a most Christianlike fear."。朱生豪译为:"因为他总是小小心心地躲开,万一脱身不了,也是战战兢兢,像个好基督徒似的。"梁实秋译为:"因为他或者是极审慎的避免争执,或者是以最合基督徒身份的那种畏惧精神去从事争执。"

③　参见《旧约·撒母耳记下》23:3:"以色列的保护者对我说:那以正义治理人民,/以敬畏上帝掌权的王。"

④　参见《旧约·诗篇》55:5:"警惶战栗抓住了我;/恐怖淹没了我。"《新约·以弗所书》6:5:"作奴仆的,你们要畏惧战栗,专心服从世上的主人,像侍奉基督一样。"

⑤　原文为"For the man doth fear God, howsoever it seems not in him by some large jests he will make."。朱生豪译为:"这家伙虽然一张嘴胡说八道,可是他倒的确敬畏上帝的。"梁实秋译为:"因为这个人虽然喜欢说粗俗的笑话,其实是敬畏上帝的。"

	适度审问一下,看自己多么配不上拥有这样一位好姑娘。
里奥那托	殿下,走吗?晚餐备好了。
克劳迪奥	(向二人旁白。)如果听完这番话,他还不痴恋她,我永不相信自己的预测。
唐·佩德罗	(向二人旁白。)让我们给她布下同一张网①,得由您女儿和她的侍女来安排。这将很有趣,到时他们各以为对方爱自己,其实没这回事。我想目睹这情景,那将是一场十足的哑剧②。我们派她去,招呼他进来吃饭。(唐·佩德罗、克劳迪奥与里奥那托同下。)
本尼迪克	(从藤架走出。)这不是恶作剧。谈得很冷静。事情的真相,他们从希罗那里得来。似乎他们同情这位小姐。似乎她的情感犹如一张拉紧弦的满弓。③爱我!哎呀,必须回报。听见他们如何给我下判断。说即便我觉出爱由她那儿来,我也要举止傲慢。还说她宁死也不愿展露任何情感迹象。——我从未想过结婚。——我万不可显出傲慢。——

① 参见《旧约·诗篇》140:5:"狂傲的人张设罗网要害我;/ 他们设好了圈套,/ 沿路布下陷阱要捕捉我。"

② 哑剧(dumb-show):指比阿特丽斯与本尼迪克再见面时,彼此不再斗嘴。

③ 原文为"It seems her affections have the full bent."。朱生豪译为:"她的热情好像已经涨到最高度。"梁实秋译为:"好像是,她的爱情已一发而不可收。"

听人说出自己毛病,并能纠正的人,是幸运的。他们说这位小姐貌美,——这是事实,我能作证;贞洁,——是这样,我无法作反证;聪明,除了爱我,——以我的信仰起誓,这不能给她添才智,却也能算她愚蠢的充分证明,因为我要疯狂爱上她。可能会有些古怪的俏皮话和才智的断片折在我身上①,因为我向来嘲弄婚姻。但胃口不会变吗?一个人年少爱吃肉,年老受不了肉。俏皮话、格言和这些脑子里的纸子弹,能把他猛冲②的性子吓住?不,世界非得人来住。当我说情愿光棍儿终老时,认定自己活不到结婚。——比阿特丽斯来了。我以今天起誓,她是个美丽的姑娘!我真从她脸上看出些爱的记号。

(比阿特丽斯上。)

比阿特丽斯　　他们派我招呼您进去吃饭,这违背我心愿。

---

① 折在我身上(broken on me):比喻别人挖苦的话,会像比武的长矛一样在自己身上折断,意即"我要叫那些讥讽的俏皮话吃亏"。此句原文为"I may chance have some odd quirks and remnants of wit broken on me."。朱生豪译为:"也许人家会向我冷嘲热讽。"梁实秋译为:"我可能要受到有些奚落。"

② 猛冲(career):骑术用语,旧时亦指赛马场上的跑道。

比阿特丽斯　　　他们派我招呼您进去吃饭，这违背我心愿。
本尼迪克　　　　美丽的比阿特丽斯，有劳您，感谢。

本尼迪克　　　美丽的比阿特丽斯,有劳您,感谢。

比阿特丽斯　　比起您感谢我之劳,接受您的感谢不算有
　　　　　　　劳。如果算有劳①,我就不会来了。

本尼迪克　　　那您乐意来传口信?

比阿特丽斯　　是的,乐得就像您能拿起刀,用刀尖杀死
　　　　　　　一只寒鸦②。——您没胃口,先生。再见。
　　　　　　　(下。)

本尼迪克　　　哈!"他们派我招呼您进去吃饭,这违背我
　　　　　　　心愿。"——这里有两层含义③。"比起您感
　　　　　　　谢我之劳,接受您的感谢不算有劳。"——
　　　　　　　这等于说,"我为您付出任何辛劳,都像说
　　　　　　　声感谢那样轻松。"——若不怜悯她,我就
　　　　　　　是个恶棍。若不爱她,我就是个犹太人④。
　　　　　　　我要去弄一幅她的小画像⑤。(下。)

---

① 有劳(pains):亦有"痛苦"(pain)之意。比阿特丽斯玩起了文字游戏。
② 寒鸦(daw):转指傻瓜。
③ 本尼迪克理解的另一层含义,如他上一句所问:无需有人派,是自己乐意来。
④ 犹太人(Jew):伊丽莎白时代对犹太人充满恶意诋毁与贬损。
⑤ 小画像(picture):指便于恋人随身佩戴或携带的微型画像。

第三幕

第一场

里奥那托家花园

（希罗、玛格丽特与厄休拉上。）

希罗 好心的玛格丽特，跑去客厅，找我姐姐比阿
特丽斯，她正在那儿同亲王和克劳迪奥聊
天。趴她耳边，悄声告诉她，我和厄休拉在
花园散步，谈的事都跟她有关。就说，你偷
听到我们，叫她溜到藤蔓缠绕的凉亭，那里
的金银花，被太阳晒熟了，却不准阳光进
来；——好像宠臣，仰仗亲王得以骄傲，却高
举起傲慢，反对供养他的权威。——让她藏
在那儿，听我们谈话。这是你的本分。把事
办好，别管我们。

玛格丽特 我向您保证，立刻叫她来。（下。）

希罗 嗯，厄休拉，等比阿特丽斯来了，咱们顺着这
条小径来回走，话题必须只能是本尼迪克。
我一提他名字，你的角色是夸赞他，夸得从

没哪个男人配得上①。我对你开口必谈本尼迪克对比阿特丽斯深爱成病。用这话题做一支小丘比特的灵巧之箭,仅凭传闻射伤她。

(比阿特丽斯上,藏进凉亭。)

希罗	现在开场。看那儿,比阿特丽斯像一只田凫,贴着地面跑来,听咱们谈话。
厄休拉	(向希罗。)钓鱼的最大快乐,是看鱼用金桨划开银流,贪婪地吞食欺诈的诱饵。同样,我们在钓比阿特丽斯,此时她藏在金银花的遮荫下。我在对白中的角色,您不用担心。
希罗	(向厄休拉。)那咱们走近些,让她的耳朵听甜美的假诱饵一字不落。(二人走近凉亭。)——(高声。)不,真的,厄休拉,她太骄纵。我了解她的性子,像岩石上的野鹰一样,倨傲、狂野。
厄休拉	但您能肯定,本尼迪克爱比阿特丽斯,那么真心?
希罗	亲王和我新订婚的夫君都这样说。
厄休拉	他们叫您跟她说这事了,小姐?
希罗	他们请我告她知晓。但我劝他们,如果关爱

---

① 原文为"Let it be thy part / To praise him more than ever man did merit."。朱生豪译为:"你就把他恭维得好像遍天下找不到他这样一个男人似的。"梁实秋译为:"你就要揄扬他到男人从来不曾承受过的地步。"

	本尼迪克,去请他与情感搏斗,万不可让比阿特丽斯知道此事。
厄休拉	您为何这样做?难道这位先生完全配不上一张幸运的床,到那时比阿特丽斯将永远睡在上面?①
希罗	啊,爱神!我知道,他配获得一个男人应享有的一切。但大自然从未用比比阿特丽斯更骄傲的材料,造出一颗女人的心。倨傲与嘲弄在她眼里跃动闪烁,蔑视所见的一切,自视才高,高到在她看来,所有东西价不足取。她不能去爱,也不能接受任何情爱的形式或想法。她深爱着自己。
厄休拉	当然,我也这样想。因此,她知道了他的爱,肯定不妙,少不了嘲弄。
希罗	哎呀,您讲了真话。我从没见过哪个男人,无论多聪明,无论多高贵、年轻,无论多风姿潇洒,她对他无一不反着说。若面色白,她会发誓说这男人该当她姐姐;若面色黑,哎呀,大自然,画出个丑角,弄一脸墨渍;若个

---

① 原文为"Doth not the gentleman / Deserve as full as fortunate a bed / As ever Beatrice shall couch upon?",意即"这位先生不该娶像比阿特丽斯这么好的新娘吗"? 朱生豪译为:"难道这位绅士就配不上比阿特丽斯小姐吗?"梁实秋译为:"难道这位先生不配享受像璧阿垂斯那样的一个新娘么?"

子高,便是一杆矛枪顶个怪枪头;若个子矮,便是一块被切坏的玛瑙石①;若爱说话,便是一个随风吹动的风向标;若不作声,哎呀,便是一个风吹不动的木块。就这样,她把每个男人糟的一面转过来,从不把男人正直和优点赢得的忠实和美德给人。②

厄休拉　　当然,当然,这样挑剔找毛病,不值得称道。

希罗　　对,像比阿特丽斯那样怪异,与一切时尚相反,不能称道。但谁敢把这话告诉她?我若开口,她能把我嘲弄死。啊!她会笑得我活不成,拿俏皮话压死我③!所以,让本尼迪克,像被盖住的火一样,在叹息中耗损,在内心里浪费。这死法好过让人嘲弄死,死于嘲弄像死于瘙痒一样难受。④

厄休拉　　还是告诉她。听她怎么说。

---

① 玛瑙石(agate):把玛瑙切割成小块,做戒指之前,常先在上面刻微型人像。

② 原文为"So she turns every man the wrong side out and never gives to truth and virtue that which simpleness and merit purchaseth."。朱生豪译为:"她这样指摘着每一个人的短处,至于他的纯朴的德性和才能,她却绝口不给它们应得的赞赏。"梁实秋译为:"她就是这样的把每个人说得一无是处,绝不承认一个真实的好人所应得的赞美。"

③ 压死我(press me to death):对旧时以重物相压审问犯人之刑罚的化用。

④ 原文为"It were a better death than die with mocks / Which is as bad as die with tickling."。朱生豪译为:"与其受人讥笑而死,还是不声不响地闷死了的好。"梁实秋译为:"这样死法总比被人嘲骂而死好一些,被嘲骂而死有如被人瘙痒而死一般的难受。"

希罗	不。我情愿去找本尼迪克,劝他迎战情感。真的,我要捏造一些正直的诽谤①,去玷污姐姐。人们不晓得,一句坏话对好感的毒害多么厉害。
厄休拉	啊!不能让您姐姐受这种冤!她不能没有半点儿正确判断,——像人们认为的那样,脑子如此灵快、好使——竟至要拒绝像本尼迪克这样一位罕有的绅士。
希罗	除了我亲爱的克劳迪奥,意大利男人里,他算独一份。
厄休拉	我若说出想法,小姐,请别生气。本尼迪克先生,论身姿,论举止、谈锋和勇气,在整个意大利,声望第一。
希罗	的确,他名声极好。
厄休拉	有名声之前,他的美德已赢得名声。——您几时结婚,小姐?
希罗	嗯,哪天都行,那就明天!来,进去。我要给你看些衣服,明天哪件配我最好,听听你的意见。(二人离开凉亭。)
厄休拉	鸟胶粘住她了②。我向您保证,小姐,咱们逮

---

① 一些正直的诽谤(some honest slanders):不损害美德、名誉的坏话。
② 鸟胶粘住她了(she is limed):意即"她被束缚住了"。

厄休拉　　　鸟胶粘住她了。我向您保证，小姐，咱们逮住她了！
希罗　　　　如果真是这样，那是爱情凑了巧；
　　　　　　丘比特射箭杀几个，下套捉几个。

　　　　　　　　住她了！

希 罗　　　　　如果真是这样，那是爱情凑了巧；

　　　　　　　　丘比特射箭杀几个，下套捉几个。(希罗与

　　　　　　　　厄休拉下。)

比阿特丽斯　　(走出凉亭；上前。)

　　　　　　　　我两只耳朵里这样烧？这是真的？

　　　　　　　　因骄傲和嘲弄，要受人如此谴责？

　　　　　　　　蔑视，再见！处女的骄纵，告辞！

　　　　　　　　骄纵之人，别指望背后存活荣耀。

　　　　　　　　本尼迪克，爱下去；我要报答你，

　　　　　　　　用你的情爱之手驯服我狂野的心。①

　　　　　　　　你若真情相爱，我的情感激励你，

　　　　　　　　凭一纸神圣的契约箍住我俩的爱。②

　　　　　　　　因别人都说你有资格赢得，而我

　　　　　　　　深信，这说法，要好过道听途说。(下。)

---

　　① 此句与前文本尼迪克要驯服比阿特丽斯这只野鹰相呼应。

　　② 神圣的契约(holy band)：即神圣的婚约，"契约"(band)亦有"婚戒"之含义。原文为"I thou dost love, my kindness shall incite thee / To bind our loves up in a holy band."。朱生豪译为："你要是真的爱我，我的转变过来的温柔的态度，一定会鼓励你把我们的爱情用神圣的约束结合起来。"梁实秋译为："如果你真爱，我的情爱将鼓励你 / 用婚姻来加强我们俩的爱情。"

第二场

里奥那托家中一室

（唐·佩德罗、克劳迪奥、本尼迪克与里奥那托上。）

唐·佩德罗　您婚礼一结束，我就去阿拉贡①。

克劳迪奥　若蒙允准，殿下，我一路护送。

唐·佩德罗　不，那会是您新婚光泽上的一块大污渍，好比给孩子看他的新衣服，却不准穿。我只会冒昧有请本尼迪克与我作伴。因为，从他脑瓜顶到脚底板②，满身全是乐子。有两三回，他割断丘比特的弓弦，那个小刽子手再不敢射他。他的心像钟一样坚固，他的舌头就是铃舌，——因为他心里想什么，舌头说什么③。

---

　　① 阿拉贡（Aragon）：指当时由法兰克人于9世纪建立的，位于伊比利亚半岛东北部的阿拉贡王国（1035—1707）。

　　② 参见《旧约·撒母耳记下》14:25:"从头顶到脚趾都没有一点缺点。"《旧约·约伯记》2:7:"撒旦从上主面前退出，开始打击约伯，使他从头到脚长了毒疮。"

　　③ 参见《新约·马太福音》12:34:"你们这些毒蛇！你们原是邪恶的，怎能说出好话来呢？因为心里所充满的，口就说了出来。"

本尼迪克	勇士们，我比不上从前了。
里奥那托	我也这样说。觉得您正经多了。
克劳迪奥	我希望他在恋爱。
唐·佩德罗	吊死他，流浪汉！①他体内没一滴忠诚的血，爱怎能真正触动他。②他若正经起来，那是缺钱。
本尼迪克	我牙疼③。
唐·佩德罗	拔了它④。
本尼迪克	吊死它！
克劳迪奥	您得先吊死它，随后切除。
唐·佩德罗	怎么！为牙疼叹气?
里奥那托	只是那儿有点儿体液，或一条牙虫。⑤
本尼迪克	唉，一种除了受痛之人，谁都受得了的痛。⑥

---

① 吊死他，流浪汉！(Hang him, truant!)：一种亲昵的轻咒，意即"这个流浪汉竟敢不谈恋爱"！

② 原文为"There's no true drop of blood in him to be truly touched with love."。朱生豪译为："他的腔子里没有一丝真情，怎么会真的恋爱起来?"梁实秋译为："他这人没有一滴血性，不可能发生爱情。"

③ 牙疼(toothache)：民间认为爱情使人上火牙疼。

④ 拔了它(draw it)："拔"(draw)亦指切除旧时被绞死罪犯的内脏，故下文有"您得先吊死它，随后切除"(draw it afterwards)之说。

⑤ 旧时人们认为体内四种体液中的一种从头入牙导致牙痛，或由牙虫引起。原文为"Where is but a humor or a worm?"。朱生豪译为："只是因为出了点浓水，或者一个小虫儿在作怪吗?"梁实秋译为："只不过是一点寒气，或是一条牙虫?"

⑥ 原文为"Well, every one can master a grief but he that has it."。朱生豪译为："算了吧，痛在别人身上，谁都会说风凉话的。"梁实秋译为："唉，除了身受苦痛的人之外谁都忍得住那苦痛。"

克劳迪奥　　　我还是要说，他在恋爱。

唐·佩德罗　　　除非他衣服穿得怪是一时兴起，并无爱的迹象。——今天穿成荷兰人；明天穿成法国人；要么同时两国人，腰下日耳曼人，灯笼裤，腰上西班牙人，不穿紧身衣。除非他对这蠢行有种嗜好，似乎有，否则，就不是情爱傻瓜，像您说的那样①。

克劳迪奥　　　若没跟哪个女人恋爱，那些老迹象②就没人信啦。他每天早晨刷帽子，这是什么征兆？

唐·佩德罗　　　有谁见他进过理发店？

克劳迪奥　　　没有，但有人见理发师找过他。他面颊上的旧摆设③已拿去填充网球④。

里奥那托　　　的确，剃了胡子，他更显年轻。

唐·佩德罗　　　不，还抹了麝猫香膏⑤。你们没闻出那味道？

克劳迪奥　　　等于说，这芳香的⑥年轻人在恋爱。

---

　　① 原文为"Unless he have a fancy to this foolery, as it appears he hath, he is no fool for fancy as you would have it to appear he is."。朱生豪译为："除了这一般无聊的傻劲儿以外，他并没有什么反常的地方可以证明他如你所说那样在恋爱。"梁实秋译为："他显然有此嗜好，除此以外，他是不作情感的奴隶的，虽然你说像是在恋爱中。"

　　② 老迹象（old signs）：指人们惯常相信的相思病症。

　　③ 面颊上的旧摆设（the old ornament of his cheek）：指好长时间没刮的满脸胡子。

　　④ 旧时网球用毛发填充。

　　⑤ 麝猫香膏（civet）：麝猫亦称灵猫或香猫、麝猫香膏是从麝猫尾部腺体提取分泌物，做成香膏。

　　⑥ 芳香的（sweet）：与"可爱的"双关。

唐·佩德罗　最大的标记是,他神色忧郁。

克劳迪奥　他啥时候洗上脸了?①

唐·佩德罗　是的,还化妆描脸。这事,人们有看法,我听说过。

克劳迪奥　还有,他那爱打趣的性子,现在也爬进琉特琴的琴弦里,此时受按弦②操控。

唐·佩德罗　真的,这为他讲了个伤感故事③。结论是他在恋爱。

克劳迪奥　不止,我还知道谁在爱他。

唐·佩德罗　我也想知道。我敢说,那个人不了解他。

克劳迪奥　不,一切坏毛病都了解,尽管这样,还死命爱他。

唐·佩德罗　到时她下葬,脸要朝上。④

本尼迪克　这不是治牙疼的符咒⑤。——(向里奥那托。)老先生,和我散个步。我寻思出八九个聪明字

───────────

　①伊丽莎白时代的人们仍未形成洗脸习惯。

　②按弦(stops):亦可译作"琴格"或"音格",旧译"音栓"或"琴柱",另有"限制"(restraints)之含义。再者,旧时情歌多由琉特琴伴奏。此句意即"此时本尼迪克已受爱情控制"。

　③原文为"that tells a heavy tale for him"。意即"这为他透露出实情"。

　④脸朝上入葬表明死者为虔诚的基督徒;并具性意味,暗指性爱时位于本尼迪克下方。因上句提及"死(命)"(dies)相爱,"死"亦有"达到(性)高潮"的双关意,故此句以"下葬"(be buried)与之构成语言游戏。

　⑤此处以"符咒"代指药方,意即"你们费那么多唇舌,也没有治我爱情病的药方"。

眼,说给您,万不能让这些傻瓜蛋听到。(与里奥那托下。)

唐·佩德罗　　以我的性命起誓,要把比阿特丽斯的事说破!

克劳迪奥　　　一定是。希罗和玛格丽特跟比阿特丽斯一起,这会儿已演完各自角色,等两只熊遇见,不会再彼此对咬。

(唐·约翰上。)

唐·约翰　　　我的兄长殿下,上帝保佑您!

唐·佩德罗　　晚安,弟弟。

唐·约翰　　　若有闲空,我想跟您谈谈。

唐·佩德罗　　私聊?

唐·约翰　　　如果您乐意。但克劳迪奥伯爵不妨一听,因我要说的,和他有关。

唐·佩德罗　　什么事?

唐·约翰　　　(向克劳迪奥。)阁下打算明天结婚?

唐·佩德罗　　您知道还问。

唐·约翰　　　等他知道了我知道的事,那我就不知道了。

克劳迪奥　　　有什么障碍,请您透露。

唐·约翰　　　可能您觉得我不爱您。这留待以后再说,凭我此时所要透露的,更便于您瞄准我。①至

---

① 瞄准(aim):射箭术语,意即"评判"。

于我哥哥,我想,他待你甚厚,以诚挚之心,帮您促成即将来临的婚事,——想必求婚白费心,辛劳白费劲儿!

唐·佩德罗　哎呀,怎么回事?

唐·约翰　我特来告知,详情细节略去,——关于她的流言,人们早有议论,——这位小姐不忠实。

克劳迪奥　谁? 希罗?

唐·约翰　正是。里奥那托的希罗,您的希罗,每个人的希罗。

克劳迪奥　不忠实?

唐·约翰　描绘她的邪恶,这个字眼儿太好了。我能说,她原本更糟。您想个更糟的名号,我用她来套用。不必疑惑,等进一步证据。只要今晚与我同去,就在她婚礼日前夜,你们会看到她寝室窗口有人进入。您若仍爱她,就明天娶她;但改变主意,才更与您的名誉相称。

克劳迪奥　这可能吗?

唐·佩德罗　我想不会。

唐·约翰　对亲眼所见,您若不敢信,那对您所知,不认便罢。您若随我前去,我要您看个够。等您见了更多,听了更多,再相应行事。

克劳迪奥　若我今晚见了什么,证明我明天不该娶她,那我就在那儿，要娶她的教堂，当着会众的面，羞辱她。

唐·佩德罗　当时我替你求婚赢得她，我要与你一道羞辱她。

唐·约翰　在你们做我证人之前，我不愿对她过多诋毁。冷静承受，只等夜半，让结果自己显露。

唐·佩德罗　啊，遭不幸改变的一天！

克劳迪奥　啊，受灾祸奇怪阻挠的一天！

唐·约翰　啊，多亏祸害预防及时！等你们见到结果，势必这样说。(同下。)

第三场

一街道

（道格贝里①与搭档弗吉斯②偕众巡夜人上。）

道格贝里　　你们是靠得住的好人吗？

弗吉斯　　　是的，否则，可惜，他们的肉体和灵魂③，只能
　　　　　　遭罚受救赎之苦④。

道格贝里　　不，但凡他们有半点儿忠诚⑤，被选为亲王的
　　　　　　巡夜人，那惩罚对他们太好了。

弗吉斯　　　好，道格贝里兄弟，给他们下指令。

道格贝里　　第一，你们认为谁最配不上⑥治安官？

----

① 道格贝里(Dogberry)：原意为"山茱萸的果实"，一种营养价值不高的果实。

② 弗吉斯(Verges)：原意为"取自未熟水果的酸果汁"。

③ 参见《新约·马太福音》10∶28："那只能杀害肉体、却不能杀灭灵魂的，不用害怕；要惧怕的是上帝，只有他能把人的肉体和灵魂都投进地狱。"

④ 遭罚受救赎之苦(suffer salvation)：剧中角色胡乱用词是旧剧喜剧特点之一，弗吉斯狗屁不懂，本想郑重表达"遭罚受下地狱之苦"(suffer damnation)，结果竟把"下地狱（灵魂万劫不复）"(damnation)说成"（灵魂在天堂获）救赎"(salvation)，造成喜剧效果。

⑤ 忠诚(allegiance)：道格贝里本意要说"不忠"(treachery)，结果又说了反词。

⑥ 最配不上(desartless)：道格贝里本想说"最配得上"(deserving)。

巡夜人甲	休·奥特凯克,先生,乔治·希克尔[1]也行,因他俩能说会写。
道格贝里	到这儿来,希克尔兄弟。(希克尔上前。)——上帝赐您一个好名字。一个人长相好,那是命运赏赐,但能说会写,靠天生!
巡夜人乙	治安官大人,这两样——
道格贝里	您都有。我知道您会这么答。好,论起您长相,先生,哎呀,感恩上帝,别再夸口。至于能说会写,等这类虚荣[2]用不着了再来显露。您是这儿公认最不机敏[3]、最适合做巡夜治安官的人。所以,这灯笼您来提。您的职责是,要了解[4]所有游民无赖。您可凭亲王的名义,叫任何人站住。
巡夜人乙	要是不站住,怎么办?
道格贝里	嗯,那,别搭理他,让他走,立刻把其他巡夜人召来,一起感谢上帝,你们甩掉一个无赖。
弗吉斯	叫站住不站住,就不算亲王的臣民。
道格贝里	没错,除了亲王的臣民,对谁都不要乱

---

① 此处两个人名,“奥特凯克”(Otecake)原意为“燕麦饼”;“希克尔”(Seacole)原意为“海运煤”,比木炭高级,故下文说“好名字”。

② 这类虚荣(such vanity):道格贝里说错词,他本要说“这类技能”(such ability)。

③ 不机敏(senseless):道格贝里本要说“机敏”(sensible)。

④ 了解(comprehend):道格贝里本要说“逮捕”(apprehend)。

来①。——（向众巡夜人。）也不准你们在街上吵闹,因为胡言乱语最能容忍②、最无法忍受。

巡夜人甲　我们情愿睡觉,也不说话。我们晓得巡夜人的本分。

道格贝里　嗯!您说话像个顶安静的巡夜老手,因我看不出睡觉能触犯谁。只要留神长戟别给人偷走。——唔,去所有的啤酒馆喊一嗓子,叫那些醉鬼回自己床上睡觉。

巡夜人乙　他们不回,怎么办?

道格贝里　嗯,那,让他们自个儿等到酒醒。他们若不能好好答话,您可以说,你们认错了人。

巡夜人乙　好吧,先生。

道格贝里　若遇见一个贼,凭您的职责,可以怀疑他不是老实人。对这类人,您干预或介入越少,嗯,越代表自己正派。

巡夜人乙　若知道他是贼,还不下手逮他?

道格贝里　当然,按职责,你们可以逮他。但照我看,凡摸沥青者将弄脏手③。您若逮住一个贼,最和平的办法是,让他露一手,从你们眼前偷

---

① 乱来(mettle with):道格贝里本要说"处置"(dear with)。

② 能容忍(tolerable):道格贝里本要说"不能容忍"(intolerable)。

③ 原文为"They that touch pitch will be defiled."。参见《旧约·德训篇》13:1:"凡摸沥青的人,将不洁净。凡是和傲慢者来往的人,将会和他一样傲慢。"

偷溜走。

弗吉斯　伙计，人们总称呼您仁慈的人。

道格贝里　真的，我不会随意吊死一只狗，更不会吊死一个人，哪怕他只有半点儿诚心。

弗吉斯　您若听见有个孩子夜里哭，您一定喊来奶妈，叫她去止住哭。

巡夜人乙　奶妈睡觉死，叫她听不见怎么办？

道格贝里　嗯，那，安静走开①，让孩子把她哭醒。因为，若一只母羊听不见自己的羔羊咩咩，听了牛犊哞哞叫，决不会应声。

弗吉斯　半点儿不错。

道格贝里　一句话结束指令：——您，巡夜治安官，代表亲王本人。就算夜里遇见亲王，照样阻拦。

弗吉斯　不，以圣母起誓，我想，拦不得。

道格贝里　有谁知晓成文法②，我拿五先令对一先令跟他赌，赌能阻拦。以圣母马利亚起誓，除非亲王乐意。因为，说真的，巡夜人谁也冒犯不得，拦一个不愿被拦的人，那是一种冒犯。

弗吉斯　以圣母起誓，我想，是这样。

① 参见《新约·路加福音》2:29:"主啊，你实现了你的应许；/ 如今可让你的仆人平安归去。"

② 成文法(statues)：道格贝里本要说"法律"(law)，却说成"（议会通过的）成文法"，"法律"属于"普通（不成文）法"。

道格贝里	哈,啊,哈! 好了,伙计们,晚安。出了什么要紧事,就叫醒我。守住同伴们和您自己的秘密。晚安。——走,兄弟。(欲走。)
巡夜人乙	好了,伙计们,都听到指令了。咱们在教堂门廊的石凳这儿,坐到两点,然后都去睡觉。
道格贝里	还有句话,诚实的伙计们。请你们,注意里奥那托先生家的门。因为明天那里办婚事,今晚有大热闹。告辞。恳请你们,要警惕①。

(道格贝里与弗吉斯下。)

(波拉齐奥与康拉德上。)

波拉齐奥	喂,康拉德! ——
巡夜人甲	(旁白。)安静! 一动别动。
波拉齐奥	康拉德,人呐! ——
康拉德	这儿,老兄,在你胳膊肘旁边。
波拉齐奥	以弥撒起誓,我胳膊肘发痒,以为后面跟着块疥癣②。
康拉德	迟早回敬你。这会儿,说你那个故事。
波拉齐奥	下毛毛雨了,你站这儿,藏这房檐下,我要像个真正的酒鬼③,向你吐露一切。

---

① 要警惕(be vigitant):道格贝里本要说"要警觉"(be vigilant)。

② 疥癣(scab):与"恶棍"双关。

③ 酒鬼(drunkard):波拉齐奥的名字Borachio,西班牙语拼作boracho,意即"酒鬼"。

巡夜人乙	（旁白。）伙计们，有人谋反。藏好别动。
波拉齐奥	跟你说，我挣了唐·约翰一千达克特。
康拉德	干点儿坏事这么值钱？
波拉齐奥	你真不如问，干点儿坏事酬金这么贵，因为，有钱的坏蛋需要穷哥们儿，穷酸的坏蛋可以随口开价。
康拉德	我很吃惊。
波拉齐奥	这显出你没经验。要知道，一件紧身衣，或一顶帽子，或一件披风的款式，跟一个人毫无关联①。
康拉德	有关联，好歹是衣服。
波拉齐奥	我是说，时装。②
康拉德	对，时装终归是时装。
波拉齐奥	呸！这等于说傻瓜终归是傻瓜。但你看不出，这时装是怎样一个变形的盗贼吗③？
巡夜人甲	（旁白。）我知道那个怪家伙。这七年来，他一直是个恶贼，像绅士似的四处游荡。我记得他的名字。
波拉齐奥	没听见有人说话？
康拉德	没。是房上的风信标。

---

① 意即"外在穿着不能代表人本身"。
② 意即"我只说款式，不说衣服本身"。
③ 意即"时装不停在变，像变形的贼一样使追逐时装的人变穷"。

波拉齐奥	我说,你没看出,这时装是怎样一个变形的盗贼吗?它把所有十四岁到三十五岁的热血年轻人,转得有多晕?有时候,他们装扮得像脏画里法老的士兵①;有时候,像古老教堂窗户上巴尔神②的祭司们;有时候,像脏兮兮虫蛀挂毯上刮光胡子的赫拉克勒斯,遮裆布③像他的木棒一样巨大。
康拉德	这我都明白。看得出,丢弃的时装比穿破的衣服多。但你自己不也被时装弄晕,移开④故事,跟我讲起时装?⑤
波拉齐奥	并非如此。要知道,今晚我把希罗小姐的侍女玛格丽特称作希罗,向她求了婚。她从她

---

① 法老的士兵(Pharaoh's soldiers):指一幅古旧壁画或挂毯画"埃及法老渡红海"中的士兵,内容描绘法老派兵追击出埃及的以色列人,后士兵皆溺毙。参见《旧约·出埃及记》第14章"过红海"的故事,讲述埃及法老为阻止摩西率以色列人出埃及,派军追赶,行至红海。摩西举杖,伸向红海,上帝使海水分开,以色列人如履平地,渡过红海。埃及追兵皆下到海里,结果,"海水复原,淹没了所有追赶以色列人的战车、骑兵和所有埃及的部队;一个不留"。

② 巴尔神(god Bel):原为古巴比伦国王尼布甲尼撒崇拜的由黄铜和黏土所制雕像,他每晚向其供奉食物和美食,晨起供物消失不见。被俘虏的以色列先知但以理向他证明,供品均被祭司们及其家人偷吃。于是,国王下令砸碎神像,将祭司们处死。事见《圣经·外书·巴尔和龙》。

③ 遮裆布(codpiece):15、16世纪西欧男子所穿短裤前遮护裤裆的袋状布片。

④ 移开(shifted):与"改变"双关,暗指"又换了时装"。

⑤ 原文为"But art not thou thyself giddy with the fashion too, that thou hast shifted out of thy tale into telling me of the fashion?"。朱生豪译为:"可是你是不是也给时髦搅昏了头,所以不向我讲你的故事,却来讨论起时髦问题来啦?"梁实秋译为:"不过你自己也为时髦式样弄得头昏脑胀了呢,竟离题扯到了时髦式样的问题?"

女主人寝室窗口探出身,向我道了一千声晚安,——这故事让我讲坏了。——我该先告诉你,亲王,克劳迪奥,还有我的主人,由我的主人唐·约翰预设、安排、告知①,从花园远处,看了这一场情人相会。

康拉德　他们把玛格丽特当成希罗?

波拉齐奥　其中两位,亲王和克劳迪奥,是的。但我的魔鬼主人知道那是玛格丽特。部分归因于他的誓言,先降住他们;部分归因于黑夜,骗过他们;但主要归因于我的恶行,证实了唐·约翰的诋毁之言。克劳迪奥愤然离去,发誓说,明天会依约与她在教堂见面,在那儿,当着会众的面,拿今夜亲眼所见的事羞辱她,打发她回家,休想有丈夫。

巡夜人甲　我们以亲王的名义,命你们站住!

巡夜人乙　叫醒尊贵的治安官大人。我们在这儿收回一起顶危险的淫荡②,全国从未听闻。

---

① 告知(possessed):暗示魔鬼附身,故下文以魔鬼主人指称唐·约翰。

② 原文为"We have here recovered most dangerous piece of lechery that ever was known in the commonwealth."。其中"收回"(recovered)为"发现"(discovered)之误用;"淫荡"(lechery)为"谋反"(treachery)之误用。巡夜人乙本要说"我们在这儿发现一起顶危险的谋反"。

巡夜人甲　　我们以亲王的名义,命你们站住!

巡夜人甲	其中之一是那个"变形怪"①。我认得他,蓄一绺卷发②。
康拉德	先生们,先生们!——
巡夜人乙	交出"变形怪",我保你们无事。
康拉德	先生们,——
巡夜人甲	命你们,别说话。让我们服从③你们,跟我们走。
波拉齐奥	叫这些人凭长戟逮住,我们八成要变成一批好货④。
康拉德	我敢说,是待审查⑤的一批货。——来,我们要服从你们。(同下。)

------

① "变形怪"(Deformed):该词第一个字母用大写,意在强调波拉齐奥是变形的怪家伙。

② 蓄一绺卷发(wears a lock):伊丽莎白时代和詹姆斯一世时代廷臣流行的一种时髦发式。亦有注家将此解作由一绺头发编成的"相思结"(love-lock)发辫,顺左耳垂于左肩,流行一时。

③ 服从(obey):为"命令"(order)之误用。巡夜人甲要说"命令你们"。

④ 原文为"We are like to prove a goodly commodity, being taken up of these men's bills."。句中有多词双关:"凭(借)"(of)与"交换";"长戟"(bills)与"货单";"逮住"(taken up)与"借来";"一批好货"(a goodly commodity)与"一笔好买卖"。此句意即"这些人用货单把我们借来做交换,八成是笔好买卖"。朱生豪译为:"他们把我们抓了去,倒是捞到了一批好货。"梁实秋译为:"我们可能是很好的一批货物,由这些人担保去赊。"

⑤ 待审查(in question):与"价值可疑"双关。此句意即"这笔买卖不一定上算"。

第四场

里奥那托家中一室

（希罗、玛格丽特与厄休拉上。）

希罗　　　好心的厄休拉，叫醒我姐姐比阿特丽斯，请她起来。

厄休拉　　就去，小姐。

希罗　　　请她来这儿。

厄休拉　　好。（下。）

玛格丽特　说实话，我看您换另一个皱领①更好。

希罗　　　不，请你，好梅格②，我要戴这个。

玛格丽特　以我的信仰起誓，没那个好，我保证您姐姐也会这样说。

希罗　　　我姐姐是个傻瓜，你是又一个。除了这个，不戴别的。

玛格丽特　我特喜欢里间屋那个新头饰，若发色深点儿

---

① 皱领（rebato）：伊丽莎白与詹姆斯一世时代流行的一种宽而硬的轮状皱领。

② 梅格（Meg）：玛格丽特的昵称。

更好看。凭信仰起誓,您的裙服是最好的时尚。我见过米兰公爵夫人那件裙服,人们都这么说。

希罗　　　啊,都说,那件裙服好得没法比。

玛格丽特　　以我的信仰起誓,跟您的一比,顶多算件睡裙——金线织的料子,镂空的花样,银线镶边,嵌着珍珠,贴身袖子垂到手腕,开襟袖子披肩,圆形衬裙,裙下由蓝色闪光的金属箔撑起。但论起精致、高雅、优美、漂亮的时装,您这件顶她十件。

希罗　　　穿上它,愿上帝给我快乐!因为我的心十二分沉重。

玛格丽特　　很快,等有个男人压下来,会更重。

希罗　　　该诅咒的①!不害羞吗?

玛格丽特　　害什么羞,小姐?因为说了大实话?哪怕对一个叫花子,结婚这事不体面吗②?您丈夫若不结婚,就没了体面?我想,您希望我说"无意冒犯,我指的是有个丈夫"。倘若下流想法扭曲不了真话,我冒犯不了谁。"有了丈

---

① 该诅咒的(Fie upon thee):一种嗔怪的轻咒。
② 参见《新约·希伯来书》13:4:"人人应该尊重婚姻的关系;夫妇必须忠实相待。上帝要审判放荡和淫乱的人。"

夫更重"①,这话伤了谁吗？谁也没伤,我想,

只要夫妻彼此般配,否则,那便是轻②,不是

重。不信,去问比阿特丽斯小姐。她来了。

（比阿特丽斯上。）

希罗	早安,姐姐。
比阿特丽斯	早安,亲爱的希罗。
希罗	咦,怎么啦？说话的语调像生了病？
比阿特丽斯	我觉得,别的语调都不适合我。
希罗	让我们开唱《薄情之恋》③！——去掉男低声伴唱④。您来唱,我来跳⑤。
比阿特丽斯	您用鞋跟跳一曲《薄情之恋》⑥！——到时候,只要您丈夫马厩够多,等着瞧,他缺不了牲口棚⑦。

① "有了丈夫更重"（heavier for a husband）：玛格丽特暗指"希罗过于装正经",遂改口将上句"男人"改成"丈夫",亦含双关意。其一,有了丈夫,他压在你身上,分量更重;其二,有了丈夫,你心事更重。

② 轻（light）：与"放荡"双关。

③ 《薄情之恋》（Light o' love）：旧时一流行歌曲,朱生豪译为《乐风流》,梁实秋译为《薄情女》。

④ 男低音伴唱（burden）：与"负担"双关;暗指"男人的重量"。

⑤ 跳（dance）：含性暗示。

⑥ 原文为"Ye light o' love with your heels!",意即"您放纵自己一回"。"放纵"（light-heeled）有"淫荡不贞"（unchaste）之意。朱生豪译为："你那一双蹄子是不安本分的想乐风流了吧。"梁实秋译为："你也要轻佻一番。"

⑦ 牲口棚（barns）：与"小孩儿"（bairns）谐音双关。此句意即"只要有了丈夫,您会生好多孩子"。

玛格丽特	啊,不合逻辑的解释!我用脚跟鄙视它。①
比阿特丽斯	快五点了,妹妹,这会儿该准备好了。——以我的信仰起誓,我难受极了。——嗨-嗬②!
玛格丽特	招呼猎鹰,马,还是丈夫③?
比阿特丽斯	这三样全由同一个字母"H"④打头。
玛格丽特	唉,只要您不变成土耳其人⑤,航海再不靠北极星。⑥
比阿特丽斯	这傻瓜话里什么意思?听不懂。
玛格丽特	我啥也没说。不过,愿上帝赐予每个人心之所愿⑦!
希罗	我这双手套是伯爵送的,熏了上好香料⑧。
比阿特丽斯	我感冒鼻塞,妹妹,闻不出来。

①意即"我轻蔑地一脚把它踢开"。

②嗨-嗬(heigh-ho):表示烦闷的语气词;亦表示在呼唤猎鹰或马匹。

③玛格丽特由比阿特丽斯发出的"嗨-嗬",联想到一首歌谣《嗨-嗬找个丈夫》(*Heigh-ho for a husband.*)。

④猎鹰(hawk)、马(horse)、丈夫(husband),首字母均为H,发音与"ache"(苦痛)相同,构成双关。

⑤变成土耳其人(turned Turk):指改变信仰,变成异教徒,此句意即"只要您不厌恶谈恋爱"。

⑥原文为"An you be not turned Turk, there's no more sailing by the star.",意即"只要您违背不谈恋爱的誓言,世上再无可信之事"。朱生豪译为:"您倘若没有变了一个人,那么航海的人也不用看星了。"梁实秋译为:"如果你不是改变了主意,北斗星都是不可靠的。"

⑦参见《旧约·诗篇》37:4:"要向上主寻求喜乐;/他一定成全你的心愿。"

⑧用香料把手套熏香,由牛津伯爵1574年从意大利传入英格兰王国。

玛格丽特	一位小姐，鼻塞①！这感冒感得好。
比阿特丽斯	啊，上帝救我，上帝救我！您自作聪明有多久了？②
玛格丽特	从您放弃③聪明那一刻起。我脑子跟我特别相配吧？④
比阿特丽斯	看不太清，您该把它戴帽子上⑤。——以我的信仰起誓，我病了⑥。
玛格丽特	您弄点儿"百圣蓟"⑦，把蒸馏液敷在心窝上。这药专治突发性恶心。
希罗	您用蓟草刺透了她的心。
比阿特丽斯	"本尼迪克特斯"⑧！为啥要说"本尼迪克特斯"？"本尼迪克特斯"里面，您有何

---

① 鼻塞(stuffed)：比阿特丽斯在上句调侃，自己因感冒受凉鼻子堵塞，此处，玛格丽特将其化为双关意，暗指"性事和怀孕"。

② 原文为"How long have you professed apprehension?"。朱生豪译为："你几时学会耍鬼聪明了？"梁实秋译为："你什么时候了说俏皮话的专家？"

③ 玛格丽特意在挖苦比阿特丽斯假装没听懂那个性双关玩笑。

④ 原文为"Doth not my wit become me rarely?"。朱生豪译为："我说俏皮话还有一手吧？"梁实秋译为："我的机智是不是使我显得极其漂亮？"

⑤ 意即"该让您的脑子像小丑戴的鸡冠帽一样明显"。原文为"It is not seen enough. You should wear it in your cap."。朱生豪译为："可惜还没露够，你最好和盘托出吧。"梁实秋译为："不大令人看见，你该把它戴在你的帽子上。"

⑥ 比阿特丽斯的潜台词是"我得了相思病"。

⑦ "百圣蓟"(Carduus Benedictus)：此为拉丁文，一种包治百病的药草，以蒸馏过的汁液入药，被视为万灵药。"蓟草"(Benedictus)与本尼迪克(Benedick)谐音。此句意即"本尼迪克使您患上相思病"。

⑧ 本尼迪克特斯(Benedictus)：比阿特丽斯将拉丁文"蓟草"音译，故意反问。

寓意？

玛格丽特　　　寓意！不，以我的信仰起誓，没什么寓意。我在说普通的圣蓟草。也许您认为，我以为您在恋爱。不，以圣母起誓，我不是那种爱咋想就咋想的傻瓜；也不是爱咋想就能怎么想；何况真没法想能想的事，哪怕我把心想出了胸窝，也不能想您正在恋爱，或您将要恋爱，或您能恋爱。好在本尼迪克从前是这类人①，现在变了个人②。他发过誓，永不结婚；可眼下，他顾不上那份决心，吃肉吃得毫无怨言③。您会怎么变，我不知道；但我觉得，您瞧人的眼神，像别的女人一样。

比阿特丽斯　　您的舌头怎么这样满嘴跑马？④

玛格丽特　　　慢跑而已⑤。

（厄休拉上。）

---

①意即"他从前跟您一样，也是与爱情为敌的人"。

②意即"现在他像别的男人一样，成了正常人"。

③原文为"And yet now in despite of his heart he eats his meat without grudging."，意即"他有了正常的情感胃口，像别的男人一样在恋爱"。朱生豪译为："现在可死心塌地做起爱情的奴隶来啦。"梁实秋译为："可是现在呢，他顾不得自己的决心，吃得津津有味，没有怨言。"

④原文为"What pace is this that thy tongue keeps?"，意即"您总这样满嘴唠叨个没完"。朱生豪译为："你的一条舌头滚来滚去的，在说什么呀？"梁实秋译为："你的的话怎么这样滔滔不绝？"

⑤慢跑而已（false gallop）：意即"我说的是实话"。

厄休拉　　　小姐,请移步。亲王,伯爵,本尼迪克先生,唐·约翰,全城的时髦男子,都来迎您去教堂。

希罗　　　　仁慈的姐姐,仁慈的玛格丽特,仁慈的厄休拉,帮我装扮。(下。)

第五场

里奥那托家中另一室

（里奥那托偕道格贝里与弗吉斯上。）

里奥那托　　有什么要我做的，老朋友？

道格贝里　　以圣母马利亚起誓，先生，我跟您谈点儿机密，与您密切关注①。

里奥那托　　请您，简单说，您看我这会儿忙着。

道格贝里　　以圣母马利亚起誓，这么回事，先生。

弗吉斯　　　对，就这么回事，先生。

里奥那托　　哪么回事，我的好友们？

道格贝里　　好人弗吉斯，先生，说得有点儿离题。——一位老人，先生，他的脑子，愿上帝救助，已没我希望的那么迟钝②。但，说实话，诚实烙

---

① 原文为"I would have some confidence with you that decerns you nearly."。句中"机密"（confidence）为"谈事"（conference）之误用；"关注"（decerns）为"涉及"（concerns）之误用，道格贝里本要说"我有事跟您谈，事情涉及您"。

② 迟钝（blunt）：为"敏锐"（sharp）之误用。

在他眉间的皮肤上①。

弗吉斯　　　是的,感谢上帝,我像任何一个活在世上、不比我更诚实的老人一样诚实。

道格贝里　　跟别人比,有股臭味②。弗吉斯兄弟,少说两句③。

里奥那托　　朋友们,你们太拖拉④。

道格贝里　　很高兴阁下这样说,我们只是卑微公爵的听差⑤。但实话说,对我而言,倘若我像国王一样拖拉,我愿从心底找见它,都献给阁下。

里奥那托　　把你的拖拉都献给我,哈?

道格贝里　　是的,哪怕为此多加一千镑。因为我听到对阁下的热烈抱怨⑥,同城里任何一个人一样,虽说我能力不济,听了也高兴。

弗吉斯　　　我也一样。

里奥那托　　我很想知道你们到底要说什么。

---

①　原文为"honest at skin between his brows",对旧时在罪犯额头烙下印记的反用,意即"他额头上烙着老实人的印记"。朱生豪译为:"这从他双眉间的那块肉,就能看出来。"梁实秋译为:"他是像两条眉毛中间打了烙印那样的诚实。"

②　有股臭味(odorous):为"令人讨厌"之误用。

③　少说两句(Palabras);源自西班牙文 pocas palabras.

④　拖拉(tedious):里奥那托嫌道格贝里和弗吉斯说话太啰嗦。但道格贝里对"拖拉"(tedious)一词不熟,误以为是好词,故下句表示感谢,并要把"拖拉"献给国王。

⑤　卑微公爵的听差(poor Duke's officers):道格贝里一激动,把话说反,本要说"公爵的卑微听差"(Duke's poor officers.)。

⑥　抱怨(exclamation):为"欢呼"(acclamation)之误用,道格贝里本要说"热烈欢呼"。

弗吉斯　　　以圣母马利亚起誓,先生,昨晚,我们的巡夜
　　　　　　人,多亏阁下没在场①,抓住了全墨西拿最可
　　　　　　恶的一对恶棍。

道格贝里　　他是个好心老人,先生,硬要接话茬。俗话
　　　　　　说,"一上岁数,脑子转筋。"②愿上帝救助我
　　　　　　们! 太妙了,亲眼所见! ——(向弗吉斯。)凭
　　　　　　信仰起誓,说得好,弗吉斯兄弟。——嗯,上
　　　　　　帝仁慈。若两人骑一匹马,总有一人骑后
　　　　　　头。——一个实诚的灵魂,凭信仰起誓,先
　　　　　　生,以我的信仰起誓,他是的,凡吃面包长大
　　　　　　的,属他实诚。但咱们得崇拜上帝,不是所
　　　　　　有人都一个样。——唉,好兄弟。

里奥那托　　的确,朋友,他比您差得远③。

道格贝里　　都赖上帝所赐。

里奥那托　　我先行告辞。

道格贝里　　一句话,先生:我们的巡夜人,先生,确实理
　　　　　　解了两个吉祥的人④,我们想今晨当着阁下

---

　　①多亏阁下没在场(excepting your worship's presence):为"敬请阁下出席(审理)"(respecting your worship's presence)之误用。

　　②此为化用谚语"一喝麦芽酒,脑子就抽筋"(When ale is in, wit is out)。

　　③意即"他从个头和说话啰嗦上,都远不如您"。

　　④原文为"have indeed comprehended two auspicious persons"。句中"理解"(comprehended)为"逮捕"(apprehended)之误用;"吉祥的"(auspicious)为"可疑的"(suspicious)之误用,道格贝里本要说"确实逮捕了两个可疑的人"。

的面进行审问。

里奥那托　　你们自己讯问,回头把报告拿给我。如你们
　　　　　　所见,我这会儿忙得很。

道格贝里　　足够了①。

里奥那托　　走之前,喝点酒。再见。

(一使者上。)

使者　　　　大人,他们在等您把女儿交给她丈夫。

里奥那托　　就去。我准备好了。(里奥那托与使者下。)

道格贝里　　走,好伙计,走,您去找弗朗西斯·希克尔②,
　　　　　　叫他去监牢,带上钢笔和墨水瓶。咱们现在
　　　　　　去审那两人。

弗吉斯　　　咱们可得审明白。

道格贝里　　我向您保证,咱们省不了脑子。这儿③要把
　　　　　　他们审迷糊。您只管把老练的文书叫来,写
　　　　　　下咱们的口供④,去牢里碰面。(同下。)

---

　　① 足够了(suffigance):为"足以胜任"(sufficient)之误用,意即"我足以胜任讯问之责"。

　　② 道格贝里记错名字,他想说的是"乔治·希克尔"。

　　③ 这儿(here):在舞台表演时,应为道格贝里用手指着自己的头说"这儿",意即"要凭我这个脑子,把他们审得找不着北(non-come)"。

　　④ 口供(excommunication):为"审问"(communication)之误用,道格贝里本要说"把咱们的审问记录下来"。

第四幕

第一场

教堂内

（唐·佩德罗、唐·约翰、里奥那托、修道士弗朗西斯、克劳迪奥、本尼迪克、希罗、比阿特丽斯及其他人上。）

里奥那托　来，弗朗西斯修道士，长话短说。婚礼仪式务请简单，夫妻有什么特定责任，您日后详述。

修道士　先生，您来这儿，要迎娶这位小姐？

克劳迪奥　不。

里奥那托　来和她结婚。——修道士，您来行婚礼。

修道士　小姐，您来这儿，要跟这位伯爵结婚？

希罗　是的。

修道士　若你们哪位觉得心底有任何障碍，因何不该结合，我命你们以灵魂作保，说出来。

克劳迪奥　您觉得有什么障碍，希罗？

希罗　没有，先生。

修道士　您觉得有障碍否，伯爵？

修道士	先生,您来这儿,要迎娶这位小姐?
克劳迪奥	不。
里奥那托	来和她结婚。——修道士,您来行婚礼。
修道士	小姐,您来这儿,要跟这位伯爵结婚?
希罗	是的。

里奥那托	我敢替他应答——否！
克劳迪奥	啊！人们敢做何种事！人们能做何种事！人们每天做了事，却不知自己做下什么！
本尼迪克	怎么！感叹语？那，有几个是笑着发的，比如，啊，哈，嘻①！
克劳迪奥	修道士，你②站开。——岳父，您若允我以此相称，您可愿以慷慨、无拘的灵魂，把这位小姐，您的女儿，给我吗？③
里奥那托	孩子，像上帝把她给我时一样慷慨。
克劳迪奥	对这丰饶、宝贵的礼物，我如何回报，才能等值相抵？
唐·佩德罗	无以回报，除非您把她归还。
克劳迪奥	亲爱的亲王，您教会我高贵的感恩④。——瞧，里奥那托，带她回去。(持希罗手交与里奥那托。)不要把这烂橘子给您朋友。她的贞洁仅

---

① 啊，哈，嘻(ah, ha, he)：为表示感叹或嘲笑的叹词。此处，本尼迪克化用《里利文法》(*Lily Grammar*)书中一句关于感叹语的话"Some are of laughing: as, ah, ha, he!"为统一文法学校教学，1542年英王亨利八世下令，由伊拉斯谟(Erasmus)、科利特(Collett)和里利(Lily)等人编写拉丁文法书，成书后的《里利文法》为英格兰文法学校唯一授权课本。莎士比亚曾在拉丁文法学校就读八年，自然十分熟悉。

② 你(thee)：克劳迪奥对修道士以"你"说出命令语，表现出不客气。

③ 原文为"Will you with free and unconstrained soul / Give me this maid your daughter."。朱生豪译为："您愿意这样慷慨地把这位姑娘，您的女儿，给了我吗？"梁实秋译为："你是不是心甘情愿地毫无勉强地把这位小姐你的女儿给我？"

④ 意即"是您教我把希罗归还"。

是招幌和表象。——看她在这儿红了脸,多像处女!啊,狡猾的罪恶,能用怎样忠实的自信和表现隐藏自己!那血色不是贞洁的证据,要为单纯的美德作证?凭这些外在展现,凡见了她的,你们谁能不发誓,她是个处女?但她绝不是。她尝过贪淫床上的情热。她脸红,是自觉有罪,并非出于贞洁。

里奥那托　您这话什么意思,伯爵?

克劳迪奥　我不结婚,不能把我的灵魂,和一个坐实了的荡妇结合在一起。

里奥那托　我亲爱的伯爵,您若,由您亲自试探,征服了她青春的抵抗,击败她的童贞①,——

克劳迪奥　我知道您要说什么。我若跟她尝过情热,您一定说,她已拿我当丈夫领受,这样便能减轻她先前的罪过②。不,里奥那托,我从未用过大的字眼儿③引诱过她,只是,像哥哥对妹妹那样,表现出含羞的真情和适度的爱恋。

希罗　好像我对您有什么不一样?

---

① 原文为"If you, in your own proof, / Have vanquished the resistance of her youth / And made defeat of her virginity."。朱生豪译为:"要是照您这样说来,您因为她年幼可欺,已经破坏了她的贞操。"梁实秋译为:"如果你,由你自行证实,曾利用她的年幼无知,夺去了她的贞操。"

② 先前的罪过(forehand sin):即婚前失身之罪。

③ 过大的字眼儿(word too large):指调情所用的淫词浪语。

克劳迪奥	您真可耻,善行徒有其表!我要写文痛斥①。对于我,您好比星球上的狄安娜②,像未绽开的花蕾一样纯洁。但您的肉身比维纳斯更放纵,野蛮的性欲也比那些饱餐的兽类更狂暴。③
希罗	我的伯爵还好吗?他说得如此偏离目标④。
里奥那托	仁慈的亲王,您为什么不说话?
唐·佩德罗	该说些什么?着手让我亲爱的朋友与一个下贱妓女结亲,我蒙羞受辱。
里奥那托	都说这些事?莫非,我在做梦?
唐·约翰	先生,他们都在说,这些全是真的。
本尼迪克	这不像一场婚礼。
希罗	真的!——啊,上帝。
克劳迪奥	里奥那托,我站在这儿吧?这是亲王吧?这是亲王的弟弟吧?这是希罗的脸吧?我们的眼睛都是自己的吧?

①写文痛斥(write against it):即公开谴责。

②星球上的狄安娜(Dian in her orb):即月亮女神。狄安娜,古罗马神话中的月亮、狩猎与贞洁女神。

③原文为"But you are more intemperate in your blood / Than Venus, or those pamp'red animals / That rage in savage sensuality."。维纳斯(Venus):古罗马神话中的爱神,与战神马尔斯(Mars)偷情,被丈夫、火神伏尔甘(Vulcan)抓奸。事见奥维德《变形记》。朱生豪译为:"可是你却像维纳斯一样放荡,像纵欲的野兽一样无耻。"梁实秋译为:"可是你比维诺斯还更热情,比饱餐淫荡的野兽还更恣肆。"

④偏离目标(wide):化用射箭术语,意即"说话不着边际"。

里奥那托	一切如此。那又怎样,伯爵?
克劳迪奥	让我问您女儿一个问题,请您凭那身为父亲的天赋权力,命她如实回答。
里奥那托	(向希罗。)我命你照做,因为你是我的孩子。
希罗	啊,上帝保护我! 我受到怎样的围攻! ——你们说这是哪种教义问答①?
克劳迪奥	您的姓名,如实回答②。
希罗	不叫希罗吗? 谁能以任何公正的非难弄脏这个名字?
克劳迪奥	以圣母马利亚起誓,希罗能。希罗这名字③能弄脏希罗的美德。昨夜十二点到一点之间,在窗口跟您说话的是谁? 此刻,您若是处女身,解释这问题。
希罗	那个时候,我没与任何人交谈,伯爵。
唐·佩德罗	哎呀,那您失了处女身。——里奥那托,抱歉,您必须听我说。凭我的名誉起誓,我本人、我弟弟,还有这位伤心的伯爵,亲眼见,亲耳听,她在昨夜那个时候,和一个无赖在

---

① 教义问答(catechising):指严厉的问询。

② 英格兰新教安立甘宗教义问答的第一个问题是"你叫什么名字?"(What's your name?)。此处言外之意是:"你叫希罗,这名字配得上'希罗与利安德的故事'中那个忠贞的'希罗'吗?"

③ 希罗这名字(Hero itself):克劳迪奥亲耳听到波拉齐奥管玛格丽特叫希罗,他误以为是希罗本人。

寝室窗口交谈；那无赖，实在是最放荡的
恶棍，坦白他们暗地里有过一千次邪恶
相会①。

唐·约翰　呸，呸！不必讲明，殿下，别谈他们。语言
里没足够纯洁的词汇，提及他们不冒犯他
人。②——因此，漂亮的小姐，为这十足不
端的行为，我替你难过。

克劳迪奥　啊，希罗！若把你外在美德的一半，放在
内心的思想和秘密之上，你将是怎样一个
希罗！但再见吧，你③这最脏、最美的人！
再见，你这纯洁的罪恶，罪恶的纯洁！因
为你，我要锁死一切爱情之门，眼皮上要
挂起猜疑，把一切美丽变成有害的思想，
永不再美丽动人。

里奥那托　没人用短剑给我这儿一剑尖④?(希罗晕倒。)

比阿特丽斯　哎哟，怎么了，妹妹！怎么倒下了？

---

① 邪恶相会(vile encounters)：指通奸偷情。

② 原文为"There is not chastity enough in language / Without offence to utter
them."。朱生豪译为："那些话还是不用说了吧，说出来也不过污了大家的耳朵。"梁
实秋译为："无论用多么文雅的语言，提起他们便不能不带脏字。"

③ 你(thee)：克劳迪奥在这段独白中，不断变换指称主语，此处以"你"(thee)相
称，说明克劳迪奥已十分不客气。上句"你将是怎样一个希罗"中，为"你"(thou)。
由此看出克劳迪奥的情绪变化。随即后文"你这纯洁的罪恶"，又改回"你"(thou)。
下文"因为你"，再次改为"你"(thee)。

④ 里奥那托说这句话时，用手指着自己的胸口。

唐·约翰	来,咱们走。这些事,如此见天光,将她的生命力窒息。①(唐·佩德罗、唐·约翰与克劳迪奥下。)
本尼迪克	小姐怎样了?
比阿特丽斯	死了,我觉得。——救命,叔叔,——希罗!喂,希罗!——叔叔!——本尼迪克先生!——修道士!
里奥那托	啊,命运!别把你沉重之手拿走!死亡是她的耻辱所能希望的最好遮掩。
比阿特丽斯	怎样了,希罗妹妹!
修道士	安心吧,小姐。
里奥那托	你仰望上天吗?②
修道士	是的,她为什么不该仰望?③
里奥那托	为什么!呃,不是世间万物都向她大喊耻辱吗?羞红的脸上故事的印痕,她能否认吗?——别活啦,希罗。不要睁开双眼。因为,倘若我认为你不会很快死去,即便

---

①　原文为"Come thus to light, / Smother her spirits up.",意即"真相如此暴露,她精神垮了"。朱生豪译为:"她因为隐私给人揭发了出来,一时羞愧交集,所以昏过去了。"梁实秋译为:"如此的被揭发出来,使得她不能支持了。"

②　你仰望上天吗?(Dost thou look up?):意即"你仰望上天,罪过就过去了?"朱生豪译为:"你的眼睛又睁开了吗?"梁实秋译为:"你还往好处想么?"

③　原文为"Yea, wherefore should she not?",意即"她真有什么过错吗?"朱生豪译为:"是的,为什么她不可以睁开眼睛来呢?"梁实秋译为:"是的,为什么她不该安心呢?"

你的生命力比你的耻辱更坚强，我会在申
斥你之后，立刻亲手攻击你的生命①。只
有一个孩子，我为此伤悲吗？我要把这归
咎于节俭的大自然的设计吗？啊，有你一
个原本太多！为何我有个孩子？为何在
我眼里你一向可爱？为何我不曾以施舍
行善之手，将门口一个乞丐的孩子领养？
这孩子若有这种污点，深陷恶名，我可以
说，"她身体没一部分是我的：这耻辱原本
来自不知名的腰部②"。但我自己的孩子，
我之所爱，我之所赞，我为之骄傲的孩
子。——那么爱她，考虑她，反倒不考虑
自己。——唉，她，——啊！她掉进一个
墨水坑，这样一来，宽广的大海嫌水滴太
少，再无法把她洗净；嫌盐分太少，腌藏③
不住她肮脏腐坏的肉身！

本尼迪克　　　先生，先生，要忍耐。对我来说，我被惊奇
紧裹住，不知该说什么。

---

① 攻击你的生命(strike at thy life)：化用军事术语，意即"杀死你"。

② 不知名的腰部(unknown loins)：旧时以腰部代指生殖器官，意即不知姓名的
父母。

③ 腌藏(season)：该词本为"保藏"与"(用盐)腌起"双关，译成"腌藏"可将双关
合二为一。原文为"which may season give / To her foul tainted flesh"，直译为"无法为
她肮脏腐坏的肉体提供防腐剂"。

比阿特丽斯	啊！以我的灵魂起誓,我妹妹受了毁谤！
本尼迪克	小姐,您昨晚与她同睡一张床?
比阿特丽斯	不,真的,不。不过,昨晚之前,这十二月来,我们一直同睡。
里奥那托	确定,确定！啊,此前用铁肋条闩住,现在更强固①! 两位亲王会说谎? 克劳迪奥说谎? 他那么爱她,说起她的污点,要用眼泪清洗。——离开她！让她死。
修道士	听我说几句。因我沉默好久,一直留意着小姐,给这命运的进程让路。我注意到,一千个羞红的幽灵走进她面孔,一千个无辜的羞耻感在天使般的苍白里把那些羞红打跑②,她眼里好似有一团火,要烧掉这两位亲王攻击她处女般忠诚的过错。把我唤作一个傻瓜。如果这可爱的小姐并非在某些咬人的过错③下,无辜躺在这

---

① 原文为"That is stronger made / Which was before barred up with ribs of iron.",意即"证据更加充分了"！朱生豪译为:"本来就是铁一般的事实,现在又加上一重证明了。"梁实秋译为:"那已经是铁案如山,无法推翻了。"

② 原文为"I have marked / A thousand blushing apparitions / To start into her face, a thousand innocent shames / In angel whiteness beat away those blushes."。朱生豪译为:"我看见无数羞愧的红晕出现在她的脸上,可是立刻有无数冰霜一样皎洁的惨白把这些红晕驱走,显示出她的含冤蒙屈的清贞。"梁实秋译为:"我曾经看到她脸上泛起一千朵红云,又被一千个洁白的羞耻之念给带走。"

③ 咬人的过错(biting errors):指严厉的错误。

儿①，别信我的学识，也别信我的观察，它们凭阅历的封印证实我书本的要旨②。别信我的年岁，我的威望、职业，也别信神学。

里奥那托　修道士，这不可能。要看清，她残存的全部美德是，不要给带来永灭的罪孽加上一宗伪证罪。她并未否认。既如此，你为何设法找借口，去遮掩那真正裸露的罪孽？③

修道士　小姐，您遭到了谁的指控？

希罗　指控我的人知道。我一概不知。倘若我对世上哪个男人的了解超过对处女贞洁所许可的，让我一切罪孽不得宽恕④！——啊，父亲，如果您能证实，我在不当之时，和哪个男人交谈过，或昨晚和哪个生灵交流过半个字，就摈弃我，痛恨我，把我折磨死！

---

① 原文为"If this sweet lady lie not guiltless here / Under some biting error."。朱生豪译为："要是这位温柔的小姐不是遭到重大的误会，要是她不是一个清白无罪的人。"梁实秋译为："如果这位小姐不是全然无辜受人诬陷。"

② 原文为"Which with experimental seal doth warrant / The tenure of my book."。"阅历的封印"（experimental seal）代指经证实的人生经验。"我书本的要旨"（the tenure of my book）代指对希罗遭毁谤的"观察"是正确的"要旨"。朱生豪未译。梁实秋译为："阅历乃是经由长期经验以证实我的书本知识的。"

③ 原文为"Why seek'st thou then to cover with excuse / That which appears in proper nakedness?"。朱生豪译为："事情已经是这样明显了，你为什么还要替她辩护呢？"梁实秋译为："昭然若揭的事情你又何苦设法遮遮掩掩呢？"

④ 意即"让我带着不可宽恕的罪孽下地狱"。

修道士	亲王们错抓①得有些奇怪。
本尼迪克	其中两位②至为可敬,他们的才智若在这件事上受误导,那阴谋必归属私生子约翰,他脑子里想的是设计邪恶。
里奥那托	我不知情。如果他们说的是事实,这双手要撕碎她。如果他们损坏她的名誉,他们中最骄傲的那位要受严词斥责。③时间尚未把我的血榨干,岁数尚未吃光我的谋划力,命运尚未糟害我的资财,我的荒唐生活尚未劫走我的太多朋友,但他们能发现,我一旦以这种方式惊醒,就要以肢体之强健、头脑之谋略、资财之能力、朋友之选择④,向他们彻底复仇⑤!
修道士	暂停片刻。在这件事上,让我的建议操控您。亲王们认为您女儿死在这里。让她藏在家里躲段时间,正式宣告她的确切死讯。

---

① 错抓(misprision):指抓错、关错了人,转指犯错。

② 两位(two):指唐·佩德罗和克劳迪奥。

③ 原文为"If they wrong her honour, / The proudest of them shall well hear of it."。朱生豪译为:"要是他们无中生有,损害她的名誉,我要跟他们中间最尊贵的一个拼命去。"梁实秋译为:"如果他们冤枉她,他们之中最骄傲的一个也要负完全责任。"

④ 朋友之选择(choice of friends):指可供选择的朋友众多。

⑤ 原文为"To quit me of them throughly.","quit"亦可释为"酬报",由此还可译成"向他们算总账"。朱生豪译为:"尽可对付得了他们。"梁实秋译为:"我要和他们周旋到底。"

对外保持一种哀悼仪式的样子。①在你们古老的家族墓穴上挂起悼亡诗文，与葬礼有关的一切仪式都要办。

里奥那托	这样办有什么结果？管什么用？
修道士	以圣母马利亚起誓，这件事，办妥当，将替她变毁谤为怜惜。——这固然好。但我梦想这奇怪的行动，并非为这一改变，只为这番艰辛寻找更大的产儿。②她，——在受指控时，必须照这样说，瞬间死去，——每一位听者，都要为之悲伤、怜悯、原谅。因为，事情向来如此，我们珍视所拥有之物，非因我们享受它时，它的价值所在，只因缺乏和失去时，唉，我们才夸大它的价值，才发现我们拥有它时并未显出的美德。克劳迪奥亦将如此。当听说她因他几句话死去，对她鲜活的记忆，势必甜美地爬进他想象的反思，她迷人的五官，将身穿更珍贵的衣装出现，爬进

---

① 原文为"Maintain a mourning ostentation."。朱生豪译为："再给她举办一番丧事。"梁实秋译为："举办发丧的仪式。"

② 原文为"But not for that dream I on this strange course, But on this travail look for greater birth."。"艰辛"（travail）与"（分娩）阵痛"（pains of childbirth）双关；"产儿"（birth）与"结果"（result）双关。此句意即"我想出这个奇妙主意，为得到更大结果"。朱生豪译为："可是我提出这样奇怪的想法，却有另外更大的用意。"梁实秋译为："而我出此奇计还不是为了这个，我尚有更大的企图。"

他的眼睛和灵魂的视野,比她活生生在世之时,更动人、更精美,更充满活力。①那他势必悼念,——假如他肝脏里宣称过爱情②,——希望不曾那样指控过她,不,哪怕认定指控属实。就这样办,不要怀疑,成功将以更好的形状塑造结果,超过我推测中所能做的构想③。但哪怕除了这个,所有目标瞄准有误④,对小姐之死的猜想,势必熄灭对其耻辱的疑惑。假如命运不好,您可将她藏匿,——这最适宜她受伤的名誉,以某种隐

① 原文为"When he shall hear she died upon his words, / The idea of her life shall sweetly creep / Into his study of imagination, / And every love ly organ of her life / Shall come apparelled in more precious habit, / More moving, delicate, and full of life, / Into the eye and prospect of his soul / Than when she lived indeed."。朱生豪译为:"当他听到了他的无情的言语,已经致命罗于死地的时候,她生前可爱的影子一定会浮现在他的想象之中,她的生命中的每一部分,都会在他的心目里变得比活在世上的她格外值得珍贵,格外优美动人,格外充满了生命。"梁实秋译为:"他听说她是为他的几句话而死的时候,他将幻想她的生时种种情形,生时的一颦一笑都将以格外可爱的姿态出现,看起来比生时更为活力充沛,楚楚动人。"

② 原文为"If ever love had interest in his liver.",旧时认为肝脏(liver)为激情和情欲之源,为爱情之王座,亦是勇气和愤怒的中心。朱生豪译为:"要是爱情果然打动过他的心。"梁实秋译为:"如果他真曾掏心挖肝地爱过。"

③ 原文为"but success / Will fashion the event in better shape / Than I can lay it down in likelihood"。朱生豪译为:"它的结果一定会比我能预想得到的还要美满。"梁实秋译为:"此后的发展必将比我所能想像的为更好。"

④原文为"But if all aim but this be levelled false.",化用射箭术语,意即"哪怕所有预想都落空"。朱生豪译为:"它并不能收到理想中的效果。"梁实秋译为:"如果在其他方面不能如我所料。"

	居和虔敬的生活,远离一切眼睛、舌头、意图和侮辱。
本尼迪克	里奥那托先生,让修道士劝服您。尽管您知道我与亲王和克劳迪奥,私交、友情甚厚,但,以我的名誉起誓,我要秘密、公正地对待此事,如同您的灵魂之于您的躯体。
里奥那托	我既在悲痛中漂流①,最细的一根线就能引领我。
修道士	这算完全同意。立刻着手办。 因为对怪病,要用怪法子治。 来,小姐,死为了活。这婚礼日 也许只是延期。要耐心,要忍耐。(修道士、希罗、里奥那托同下。)
本尼迪克	比阿特丽斯小姐,您一直在哭?
比阿特丽斯	是的,我再多哭一会儿。
本尼迪克	我不希望这样。
比阿特丽斯	您没理由这样,我想哭就哭。
本尼迪克	我当然相信您美丽的妹妹受了冤枉。
比阿特丽斯	啊! 能为她伸冤的人,多值得我来奖赏!
本尼迪克	有什么方法可表明这友情?
比阿特丽斯	方法十分直接,但没这样的朋友。

---

① 原文为"Being that I flow in grief.",意即"我要克服悲伤"。

本尼迪克	一个男人能做吗？
比阿特丽斯	一人可为，却非您所为。
本尼迪克	我爱您，对世间一无所爱。这不很怪吗？
比阿特丽斯	和我不懂的事一样怪。对于我，这好比要我说，我爱您，对别的一无所爱。但别信我。不过没说谎。没承认什么，也没否认什么。——我为妹妹难过。
本尼迪克	凭我的剑①起誓，比阿特丽斯，你爱我。
比阿特丽斯	别凭它起誓，吃掉它。②
本尼迪克	我要凭它起誓，您爱我。谁说我不爱您，我让谁吃掉它。③
比阿特丽斯	您不会食言？
本尼迪克	没任何调味汁能与之相配。我申明，我爱你。
比阿特丽斯	唉，那，愿上帝宽恕我！
本尼迪克	犯了何罪，仁慈的比阿特丽斯？
比阿特丽斯	刚巧那时候，您阻断了我的话。我正要申明，我爱您。
本尼迪克	用你整颗心来说。

---

① 中世纪骑士、绅士常以剑起誓，因剑柄为十字形，以剑起誓，等同于对十字架发誓。

② 此句故意用两个"它"（it），前者指剑，后者指所发誓言。

③ 意即"谁说出这话，我用剑刺谁"。

比阿特丽斯	我以整颗心爱您,再无心神明。
本尼迪克	来,命我为你做任何事。
比阿特丽斯	杀死克劳迪奥。
本尼迪克	哈!拿广阔世界来换也不干!
比阿特丽斯	您拒绝,等于杀我。再见。
本尼迪克	留步,亲爱的比阿特丽斯。
比阿特丽斯	即便人留,心已走。——您心里没有爱。——不,请您让我走。
本尼迪克	比阿特丽斯,——
比阿特丽斯	真的,我要走。
本尼迪克	咱们先和解。
比阿特丽斯	您更敢跟我友好,却不敢跟我的敌人战斗。
本尼迪克	克劳迪奥是您的敌人?
比阿特丽斯	他还没证明,自己是个极端的恶棍?诽谤、蔑视、羞辱我的家人。——啊,真愿我是个男人!——怎么,先牵手引领,牵到携手联姻;随后,施加公开指控,公然诽谤,十足的怨恨。——啊,上帝,愿我是个男人!我要在集市上吃他的心。
本尼迪克	听我说,比阿特丽斯,——
比阿特丽斯	和窗口外一个男人交谈!——顶好的故事!

本尼迪克	不,可是,比阿特丽斯,——
比阿特丽斯	亲爱的希罗！受了冤枉,遭了诽谤,把她毁了！
本尼迪克	比阿特①——
比阿特丽斯	亲王和伯爵们！真的,一份高贵的②证词,一份顶好的诉控③,糖果④伯爵;想必是,一个甜蜜的风流少年⑤！啊,为他的缘故,我愿自己是个男人！或者,有哪位朋友愿为我的缘故,做个男子汉！但是,男子气概已溶解成鞠躬行礼,勇猛化为奉承,男人们变成只会谄媚的舌头,好不能言善道！如今,凡说句谎,并为之赌誓的男人,就能像赫拉克勒斯一样勇敢。⑥我无法凭心愿变成一个男人,那索性,做一个悲痛而死的女人。

---

① 比阿特(Beat):本尼迪克没把"比阿特丽斯"名字说完,话被打断,刚好"Beat"与"痛打"构成双关。

② 高贵的(princely):亦有"亲王的"词义,意即"一份亲王的证词"。

③ 诉控(count):与"伯爵"(Count)双关,意即"一份伯爵的诉控"。

④ 糖果(Comfect):泛指糖果、糖球、蜜饯之类,与下文"甜蜜的"(sweet)衔接。

⑤ 风流少年(gallant):指嘴上抹了蜜,会以甜言蜜语向女子献殷勤、求爱的纨绔子弟。

⑥ 原文为"He is now as valiant as Hercules that only tells a lie and swears it."。朱生豪译为:"谁会造最大的谣,谁就是英雄好汉。"梁实秋译为:"能说一句谎再赌一句咒的人,他就被认为是和赫鸠里士一般的勇敢。"

本尼迪克	稍等，仁慈的比阿特丽斯。凭我这只手起誓，我爱你。
比阿特丽斯	为赢得我的爱，把手用到别的地方，不要用它发誓。
本尼迪克	您在灵魂里认定，克劳迪奥伯爵冤枉了希罗？
比阿特丽斯	是的，我的这个想法和灵魂一样确定。
本尼迪克	够了，我发誓，我要向他挑战①。我要吻您的手，吻完就走。(吻比阿特丽斯手。)——凭这只手②起誓，我要克劳迪奥付出高价账单③。您听到我消息，便可知我为人。去安慰您妹妹，我会对外说她死了，——那，再见。(同下。)

---

① 原文为"I will challenge him."，意即"我要向他提出挑战，进行决斗"。
② 这只手(this hand)：指比阿特丽斯的手。
③ 意即"我要让他为其所为付出高昂代价，或做出像样交待"。

第二场

墨西拿监狱一间审讯室

[治安官(道格贝里与弗吉斯)、教堂司事,身着袍服上;巡夜人及康拉德与波拉齐奥上。]

道格贝里　　咱们全体伪装①都在这儿了?

弗吉斯　　　啊,给教堂司事拿个凳子和坐垫。(拿上凳子、坐垫,教堂司事坐下。)

教堂司事　　谁是犯案者②?

道格贝里　　以圣母马利亚起誓,我和我同伴。

弗吉斯　　　对,那一定的。我们有物证要审问。③

教堂司事　　但要审的案犯是谁? 让他们到治安官大人面前来。

---

① 全体伪装(whole dissembly):为"全体人员"(whole assembly)之误用。

② 犯案者(malefactors):道格贝里和弗吉斯将"犯案者"误听为"(审案)代理人"(factors)。

③ 我们有物证要审问(We have the exhibition to examine.):弗吉斯本要说"我们受命来审问"(We have commission to examine)。"exhibition"(物证)为"commission"(受命)之误用。

道格贝里　　对，以圣母马利亚起誓，让他们来我面前。(波拉齐奥与康拉德被带上前。)——朋友，您的名字？

道格贝里	对，以圣母马利亚起誓，让他们来我面前。（波拉齐奥与康拉德被带上前。）——朋友，您的名字？
波拉齐奥	波拉齐奥。
道格贝里	请写下——波拉齐奥。——您呢，小子①？
康拉德	我是位绅士，先生，名叫康拉德。
道格贝里	写下——绅士康拉德先生。——先生们，你们侍奉上帝吗？
康拉德 波拉齐奥	是的，先生，希望如此。
道格贝里	写下——他们希望侍奉上帝。——先写上帝。因为上帝不准许，上帝的名字不该写在这两个恶棍前面！——先生们，经查，你们不比欺诈的恶棍好多少，很快就要这样认定。你们为自己作何申辩？
康拉德	以圣母马利亚起誓，先生，我们要说，我们不是恶棍。
道格贝里	一个聪明异常的家伙，我敢说。我来对付他。——（向波拉齐奥。）小子，您过来。附您耳边说句话。先生，我跟您说，有人认为你们是欺诈的恶棍。

---

① 小子(sirrah)：为对下人的贬称，康拉德不满，下句回话自己是"绅士"。

波拉齐奥	先生,我跟您说,我们不是。
道格贝里	好,站一旁。——在上帝面前,他们俩说的一样。您写下没有——他们不是恶棍?
教堂司事	治安官先生,您这样审不得法。必须把指控他们的巡夜人叫上前来。
道格贝里	对,以圣母马利亚起誓,这是最灵便的①法子。——让巡夜人上前。——以亲王的名义,我命你们指控这两人。
巡夜人甲	这人说,先生,亲王的弟弟唐·约翰,是个坏人。
道格贝里	写下来,——约翰亲王,一个坏人,——哎呀,把亲王弟弟说成坏人,这是绝对的伪证②。
波拉齐奥	治安官先生,——
道格贝里	请你,这位朋友,安静。实不相瞒,你这面相,我不喜欢。
教堂司事	还听见他说了什么?
巡夜人乙	以圣母马利亚起誓,他因恶意指控希罗小姐,收了唐·约翰一千达克特。
道格贝里	犯下公然盗窃③罪,前所未有。

---

① 灵便的(eftest):这是道格贝里根据"容易的"(easiest)或"灵巧的"(deftest)发明的新词。

② 伪证(perjury):道格贝里用错了词,本要说"诽谤"(slander)。

③ 盗窃(burglary):道格贝里说错了罪名。

弗吉斯	对，以弥撒起誓，就是这样。
教堂司事	还说了什么，朋友？
巡夜人甲	还说克劳迪奥伯爵打算，根据他说的，当着全体会众的面羞辱希罗，不跟她结婚。
道格贝里	啊，恶棍！为此，你要被定罪，堕入永恒的救赎①。
教堂司事	还有什么？
巡夜人乙	这是全部。
教堂司事	二位先生，这些你们无法否认。今天早晨，约翰亲王秘密出逃。希罗如此受指控，如此遭抛弃，悲恨中，那样突然死去。——治安官先生，把这两人捆起来，送到里奥那托家去。我先行一步，将审问情形告知。(下。)
道格贝里	来，让他们固执己见②。
弗吉斯	捆他们手，——
康拉德	滚开，鸡冠帽③！
道格贝里	上帝救命！司事在哪儿？让他写下——亲王

① 永恒的救赎(everlasting redemption)：道格贝里用错词，本要说"永恒的诅咒"(everlasting damnation)。参见《新约·马太福音》25∶46："毒蛇和毒蛇的子孙，你们怎能逃脱地狱的刑罚？"《启示录》20∶10："那迷惑他们的魔鬼被扔到火与硫磺的湖里去；那只兽和假先知早已在那地方。在那里，他们要日夜受折磨，永不休止。"

② 让他们固执己见(let them be opinioned)：道格贝里用错词，本要说"把他们捆上"(let them be pinioned.)。

③ 鸡冠帽(coxcomb)：指宫廷弄臣头上所戴红色法兰绒鸡冠帽，意即"戴鸡冠帽的小丑(傻瓜)"！

的官差,是鸡冠帽。——来,绑上他们。——你这邪恶的坏蛋。

康拉德　滚! 您是头蠢驴,是头蠢驴!

道格贝里　你不怀疑我的地位? 不怀疑①我的年纪②? ——啊,愿他还在这儿,写下我是头蠢驴! ——不过,先生们,记住我是头蠢驴。虽说没写下来,但别忘喽,我是头蠢驴。——不,你这恶棍,你满怀虔敬③,会有人做你的好证人。我是个聪明人,更厉害的,是个官差。更厉害的,是个房主。更厉害的,在墨西拿,有与任何男人同样英俊的皮囊,还是个懂法之人,去你的! 一个足够有钱的人,去你的! 一个走过背运之人④! 有两件皮毛大氅的人,身边一切都舒坦。——把他带走。啊,真希望给我写下,是头蠢驴!(同下。)

---

① 怀疑(suspect):道格贝里用错了词,本要说"尊重"(respect)。

② 年纪(years):与"耳朵"(ears)谐音,或无意识暗示"你不尊重我的(驴)耳朵!"

③ 你满怀虔敬(thou art full of piety):道格贝里用错了词,本要说"满怀邪恶"(full of impiety)。朱生豪译为:"你简直目中无人。"梁实秋译为:"你说话太客气。"

④ 一个走过背运之人(A fellow that hath had losses.):意即"以前富有,现在败光了家当"。

第五幕

第一场

里奥那托家门前

（里奥那托与安东尼奥上。）

安东尼奥　　再这样下去，您会扼杀自己，这样帮着悲伤对抗自己，不明智。

里奥那托　　我请你，停止忠告，它落入我的耳朵，像水在筛子里一样无益。别劝我，谁也别当取悦我耳朵的安慰者，除非有这种人，他所受伤害与我相称。给我找一位深爱女儿的父亲，他的女儿带来的快乐像我一样被压碎，叫他来讲忍耐的话。拿我痛苦的长度和宽度衡量他的痛苦，让它以每一分悲痛回应①悲痛②，在每一处轮廓、肢体、外表和样子上，同样以

---

① 回应（answer）：化用音乐上的以一曲回应一曲。

② 原文为"let it answer every strain for strain"。朱生豪未译。梁实秋译为："让他尝受我的一阵阵的悲痛。"

一悲回应一悲,以一痛回应一痛①。若有这样一个人,竟能捋着胡子微笑,让悲伤走开,该呻吟时喊一声"哼!"②,用谚语修补悲伤,用秉烛苦读把厄运灌醉③,——那带他来见,我要从他那里采集忍耐。但没有这种人。因为,兄弟,人能对自身未感受之悲痛,提出劝告,说安慰话;一旦亲身尝过悲痛,那劝告就变成强烈情感,在此之前,他们想用格言给激愤配药,用一根丝线束缚强大的疯狂,用呼吸的魔力驱除苦痛、用言语的魔力驱除痛楚。不,不,劝说那些在悲伤重负下扭动的人忍耐,这是所有人的本分,但没谁有这美德,也没谁有这能力,能在自身将遭受类似痛楚时,满口说教。因此,别给我任何劝告,我悲痛的喊声比劝告声更大。

安东尼奥　　换句话说,成年人跟孩子没什么不同④。

——————————

① 原文为"As thus for thus, and such a grief for such, / In every lineament, branch, shape, and form."。朱生豪译为:"必须铢两悉称,毫发不爽,从外表形象到枝微末节都无区别。"梁实秋译为:"我怎么忍受,让他也怎么忍受,我吃什么苦,让他也吃什么苦,各种各样的苦。"

② 喊一声"哼!"(cry "hem!"):指清喉咙前发出的喊声"哼!"

③ 原文为"make misfortune drunk / With candle-wasters."。秉烛苦读(Candle-wasters):暗指烛光下夜半苦读哲学家的至理名言。朱生豪译为:"以烛炬的销烁代替了悲愁。"梁实秋译为:"秉烛夜游以麻醉恶运。"

④ 意即"您这位成年人无法安慰,简直像孩子一样幼稚"。

里奥那托　　我请你,安静。——我愿做有血有肉的人①。因为从没哪个哲学家,能耐心经受牙疼,无论他曾以怎样天神般的文风,攻击过命运和苦难。②

安东尼奥　　但别把一切伤害转向自己。也让那些冒犯您的人遭罪。

里奥那托　　你这话在理。对,我要这样做。我的灵魂告诉我,希罗受了诋毁。要让克劳迪奥知道,也要让亲王和所有羞辱她的人知道。

安东尼奥　　亲王和克劳迪奥匆忙赶了来。

(唐·佩德罗与克劳迪奥上。)

唐·佩德罗　　晚安,晚安。

克劳迪奥　　二位再见。③

里奥那托　　听我说,二位大人,——

唐·佩德罗　　我们有些匆忙,里奥那托。

---

① 参见《新约·哥林多前书》15:50:"弟兄们,我要说的是:血肉造成的身体不能承受上帝的国,那会朽坏的不能承受不朽坏的。"《希伯来书》2:14:"既然这些儿女都是有血肉的人,耶稣本身也同样有了人性。这样,由于他的死,他能够毁灭那掌握死亡权势的魔鬼。"

② 原文为"However they have writ the style of gods, / And made a push at chance and sufferance."。朱生豪译为:"就是那些写惯洋洋洒洒的大文的哲学家们,尽管他们像天上的神明一样,蔑视着人生的灾难痛苦。"梁实秋译为:"无论他们是怎样的以超人自居,看不起偶然的意外与苦痛。"

③ 二位再见(Good day to both of you.):"日安"(good day)为白天见面时的问候语,亦是分别时的再见语。唐·佩德罗上句以"晚安"道别。

里奥那托	有些匆忙,殿下! ——那好,再见,殿下。——您现在急着走?——好,无所谓。
唐·佩德罗	不,别和我们吵,仁慈的老人家。
安东尼奥	他若能凭吵架为自己伸冤,怕我们中有人 ①要直挺挺死去。
克劳迪奥	谁冤枉了他?
里奥那托	以圣母马利亚起誓,你②冤枉了我,你这骗子,你!(克劳迪奥欲拔剑。)——不,不用把手放在剑上。我不怕你。
克劳迪奥	以圣母马利亚起誓,要是我的手给了您这岁数害怕的理由,叫它受诅咒。真的,我无意把手移到剑上。
里奥那托	呸,呸,年轻人! 别嘲弄、取笑我。我说话不像老糊涂,也不像傻瓜,依仗年龄之优,夸口年轻时做过什么,或倘若人未老,还要做什么。当你面,我要你知道,克劳迪奥,你那么冤枉我无辜的女儿和我,我不得不撇下为老之尊,凭满头白发和岁月伤痕,向你挑战,来一场男人气概比赛③。我说你诋毁了我无辜的孩子。你的诽谤伤透她的心,她已与祖先

---

① 我们中有人(some of us):指唐·佩德罗和克劳迪奥。
② 你(thou):里奥那托对克劳迪奥不再用尊称"您"(you),改用"你"。
③ 男人气概比赛(trial of a man):意即"来一场决斗"。

	们安葬一处。——啊，一座从未安息过耻辱的坟墓，除了由你的恶行造成的她这一冤情！
克劳迪奥	我的恶行！
里奥那托	你的，克劳迪奥。我说，是你的。
唐·佩德罗	您这话不对，老人家。
里奥那托	殿下，殿下，尽管他精于剑术，且勤于操练，又年在青春五月，精力繁盛，如果他敢，我要拿他的躯体来证明①。
克劳迪奥	走开！我不想跟您有瓜葛。
里奥那托	岂能由你这样打发我？你杀了我的孩子。你若能杀了我，小子，算你杀了个男子汉。
安东尼奥	得杀掉咱们俩，两条真汉子。那不重要，让他先杀一个。——赢了我，再享有我！②——让他应战。③——来，跟我来，小子。来呀，小子先生，跟我来。小子先生，我要打得你不再自夸冲刺剑法！不，我是个绅士，说话算话。
里奥那托	老弟，——
安东尼奥	冷静一下。上帝知晓，我爱我的侄女。她死

---

① 原文为"I'll prove it on his body."，意即"我要在决斗中杀死他"。

② 原文为"Win me and wear me!"，源自谚语"先胜过我，再夸口拿我当战利品"（Let him overcome me, and he is welcome to boast）。朱生豪译为："看他能不能把我取胜。"梁实秋译为："把我弄到手，享受我。"

③ 意即"让他与我决斗"。

了,遭恶棍们诽谤而死,他们断不敢应战,同一条真汉子决斗,就像我不敢抓一条蛇的舌头。小子,猴子①,吹牛的,杰克②,娘们儿气的懦夫!

里奥那托　安东尼③老弟,——

安东尼奥　保持冷静。哼,男子汉!我了解他们,是的,了解他们的分量,连最小斤两都清楚,好斗嘴、好挑衅、沉迷时尚的小子们,撒谎、欺骗、侮辱、诽谤,走路歪歪斜斜,露出讨人嫌的面相,嘴吐半打伤人的狠话,说自己能如何损伤敌人,假如他们真敢。仅此而已。

里奥那托　不过,安东尼老弟,——

安东尼奥　来,不要紧。这事您别管,我来处理。

唐·佩德罗　二位先生,我们无意多考验你们的耐心。我的心为您女儿的死难过。但以我的名誉起誓,她所受指控,无一不实,证据极为充分。

里奥那托　殿下,殿下,——

唐·佩德罗　我不要听了。

里奥那托　不听?——来,老弟,走。——会有人听的。

安东尼奥　一定有人听,否则,我们中有人要为此遭罪

---

①　猴子(apes):这里是复数,泛指傻瓜。
②　杰克(Jacks):这里是复数,泛指流氓无赖。
③　安东尼(Anthony):安东尼奥(Antonio)的英文拼法。

受苦。(里奥那托与安东尼奥下。)

(本尼迪克上。)

唐·佩德罗　看，看，咱们去找的人来了。

克劳迪奥　喂，先生，有什么消息？

本尼迪克　您好，殿下。

唐·佩德罗　欢迎，先生。正好，您来分开一场正要动手的打斗。

克劳迪奥　我们两人的鼻子，险些让两个没牙老头儿咬掉。

唐·佩德罗　里奥那托和他弟弟。如果打起来，真怕跟他们一比，我们太年轻。①

本尼迪克　一场不公正的争斗，无真正的勇猛可言。我来找你们二位。

克劳迪奥　一直到处找你，因为我们极度悲愁，真想把它打跑。你用一下脑子？

本尼迪克　在我剑鞘里，要把它②拔出来？

唐·佩德罗　你的脑子戴在腰间？

克劳迪奥　从没谁这样做，尽管好多人失去理智。——我请你拉，像我们请乐师拉琴一样，拉③吧，让我们开心。

---

① 这句话为佩德罗故意说反话，意即"真动起手来，我们不一定打赢"。

② 它(it)：双重含义，指脑子，又指鞘中剑。

③ 拉(draw)：双重含义，指拔剑，又指拉琴弓。

唐·佩德罗	凭我的诚实作证,他脸色苍白。——你生病了,还是生气了?
克劳迪奥	喂,勇敢,男子汉! 即便忧愁能害死猫①,你体内有足够的勇气杀死忧愁。
本尼迪克	先生,您若用脑子对准我,我要全速疾驰②迎战它。请您换个话题。
克劳迪奥	那好,给他换一根矛枪③,上一根折断了。
唐·佩德罗	以这天光起誓,他脸色越变越难看。我想他真生气了。
克劳迪奥	要是这样,他懂得如何把佩剑的腰带转过来④。
本尼迪克	可否在您耳边说句话?
克劳迪奥	上帝保护我免遭挑战!
本尼迪克	(向克劳迪奥旁白。)您是个恶棍。——没开玩笑。——我要凭决斗捍卫承诺⑤,随便您以

---

① 原文为"What though care killed a cat.",源自谚语"忧愁能害死猫"(Care'll kill a cat),大致等同于汉语"忧虑伤身"或"忧虑伤神",传说猫有九条命。

② 全速疾驰(in the career):马术术语,指急速狂奔,尤指中世纪持矛比武中,骑士持矛枪或长戟全速冲刺。此句化用这一术语,指用脑子比武,看谁在斗嘴时脑子快。

③ 矛枪(staff):骑士比武中,一方矛枪在对方盾牌上折断,意味着枪术低劣,未能直截盾牌。

④ 把佩剑的腰带转过来(turn his girdle):意即 " 他知道如何转过剑带,好顺手拔剑,准备战斗 "。

⑤ 指答应比阿特丽斯要与克劳迪奥决斗的诺言。

何种方式,何种武器,定在何时。——让我满意,否则,我要宣布您懦弱。您杀了一位温柔小姐,她的死要把沉重代价落在您身上。请回答我。

克劳迪奥　只要能作乐①,我一定赴约。

唐·佩德罗　怎么? 一场欢宴? 欢宴?

克劳迪奥　以信仰起誓,感谢他。他请我吃个小牛犊②的脑袋,还有只阉鸡③。若切得不熟练,就说我的刀不顶用。——可否再来只山鹬④?

本尼迪克　先生,您脑子逛得很轻松,很悠闲。

唐·佩德罗　我得跟你说,那天比阿特丽斯怎么夸赞你的脑子。我说你有个好脑子。"没错,"她说,"一个好小的脑子。"我说:"不,一个大脑子⑤。"她说:"对,一个大粗脑子。"我说:"不,一个好脑子。"她说:"确实,伤不着谁。"我说:"不,先生是聪明人。"她说:"肯定,自作聪明。"我说:"不,他会说好几种语言。"她说:"这我相信,因为他礼拜一晚上发誓要做

---

① 作乐(good cheer):"(欢)乐"(cheer):与"食物"(food)双关;故唐·佩德罗下句接"欢宴"。

② 小牛犊(calve):与"傻瓜"双关。

③ 阉鸡(capon):与"懦弱"双关。

④ 山鹬(woodcock):俗称"木鸡""呆鸟",与"笨蛋"双关。

⑤ 脑子(wit):含性意味,暗指男阳。

的事,礼拜二清早便背弃誓言。他会双重语言,他说两种语言。"就这样,她一小时不停,把你个人优点变了形①。但最后,叹口气,说你是意大利最英俊的男子。

克劳迪奥　为此,她尽情落泪,却说不在乎。

唐·佩德罗　对,她才不在乎。不过,话虽这样说,她若不恨死他,也不会爱得要命。——那老头的女儿②都跟我们说了。

克劳迪奥　都说了,都说了。还有,藏身花园的时候,上帝看见了他。③

唐·佩德罗　可咱们何时才能把野牛犄角拽下来,插在明智的本尼迪克头上?④

克劳迪奥　对,在下面标注"已婚男子本尼迪克在此。"⑤

本尼迪克　再见,小子。您明白我的想法。现在,任由你们像长舌妇一样闲扯。感谢上帝,你们说笑话,像吹牛皮的人夸口自己砍损的刀刃如

——————————

① 变了形(transshape):意即"把你的优点歪曲了"。

② 老头的女儿:即希罗。

③ 参见《旧约·创世记》3:8:在伊甸园,亚当、夏娃偷吃禁果后,上帝看见两人藏起来。在此亦暗指第二幕第三场本尼迪克藏身藤架偷听一事。

④ 第一幕第一场,本尼迪克立誓不结婚:"假如明智的本尼迪克上了套,就把那对牛犄角拽下来,插我额头上……"

⑤ 第一幕第一场。本尼迪克说:"给我挂块招牌,上书'来此观赏已婚男子本尼迪克。'"

何锋利①,那伤不了人。——(向亲王。)殿下,感谢您以礼相待,我必须与您终止交往。您那私生子弟弟已逃离墨西拿。你们联手杀了一位温柔、无辜的姑娘。至于那位"缺胡子先生"②,他要与我交战。在那之前,愿他平安。(下。)

唐·佩德罗	他是认真的。
克劳迪奥	十二分绝对认真。我向您保证,出于对比阿特丽斯的爱。
唐·佩德罗	他向你挑战了?
克劳迪奥	诚意十足。
唐·佩德罗	一个人身穿紧身衣和马裤③,脱掉脑子④,是多漂亮的东西⑤!
克劳迪奥	跟一只猴子⑥比,他是巨人;但跟这样的人一比,猴子倒成了博学者。
唐·佩德罗	唔,稍等,我想一下! 振作,我的心,严肃

① 战场上有些自夸勇敢之人,实则自己砍损刀刃。《亨利四世》中的福斯塔夫是最为典型的这类"牛皮匠"。

② "缺胡子先生"(Lord Lackbeard):本尼迪克嘲弄克劳迪奥为"缺乏勇气的先生"。

③ 紧身衣和马裤,是一身决斗装束。

④ 脱掉脑子(leave off the wit):决斗之前,须先脱去外衣。此处将其化用,意即"脱去外衣",等同于放弃理性(脱掉脑子)。

⑤ 佩德罗在说反话。

⑥ 猴子(ape):指傻瓜(fool)。

点儿！——他刚才说，我弟弟逃走了？

（道格贝里、弗吉斯、巡夜人带康拉德与波拉齐奥上。）

道格贝里　　您过来，先生。若正义女神①无法驯服您，她将永不在天平上多称葡萄干②。不，您若真是个该受诅咒的伪君子，对您我们要防范。

唐·佩德罗　怎么！把我弟弟的两个侍从绑了！一个是波拉齐奥！

克劳迪奥　问一下犯了何罪，殿下。

唐·佩德罗　官差，这两人犯了什么罪？

道格贝里　　以圣母马利亚起誓，先生，他们犯了虚假传言罪。再有，他们实话不说。第二，他们是诽谤③。他们误解了一位小姐。第三，他们为不公的事发誓作证。结论，他们是撒谎的恶棍。

唐·佩德罗　第一，我问你他们犯了什么事。第三，我问你定他们什么罪。第六及最后，他们为何被抓。结论，您指控他们，罪名是什么。

---

　　① 正义女神（Justice）：古希腊神话中一手持剑、一手持天平的忒弥斯（Themis），法律与正义的象征。

　　② 葡萄干（reasons）：当时"葡萄干"（raisins）与"理性"（reasons）读音相同。此为莎士比亚故意制造喜剧效果。

　　③ 诽谤（slanders）：道格贝里本要说"诽谤者"（slanderers）。为制造笑料，莎士比亚让道格贝里说话颠三倒四。

克劳迪奥	问得正当合理,而且,按他自己的次序。以我的信仰起誓,一个意思,换了多套衣装。
唐·佩德罗	二位,你们冒犯了谁,这样让人绑起来①讯问?这位博学的治安官太精明,叫人搞不懂。你们犯了什么罪?
波拉齐奥	仁慈的亲王,别让我再做回答②。您听我说,让这位伯爵杀死我。我甚至蒙骗了您的眼睛。您的智慧发现不了的事,让这几个浅薄傻瓜外泄见光③,他们夜里偷听到我向这个人承认:您弟弟唐·约翰如何唆使我诽谤希罗小姐;您如何被引到花园,眼见我向穿着希罗衣服的玛格丽特求爱;您如何在该和她结婚的时候羞辱她。我的恶行,他们记录在案。我情愿以死亡签字盖章,也不愿把那恶行从头复述,羞愧难当④。小姐死于我和我主人的不实指控;简单说,除了一个恶棍应有的回报,我别无所愿。

---

① 让人绑起来(bound):与"受勒令"双关。

② 原文为"let me go no farther to mine answer"。朱生豪译为:"我向您招认一切以后,请您不必再加追问。"梁实秋译为:"我简截了当地回答您吧。"

③ 参见《新约·哥林多前书》1:27:"上帝偏要拣选世人认为愚拙之人,来使聪明人羞愧;又偏拣选世人认为软弱者,来使坚强的人羞愧。"

④ 原文为"Which I had rather seal with my death than repeat over to my shame."。朱生豪译为:"我现在但求一死,不愿再把它重新叙述出来,增加我的惭愧。"梁实秋译为:"我宁愿以死来证实我的罪状,也不愿再说一遍徒增惭愧。"

唐·佩德罗	（向克劳迪奥。）这番话是不是像一把剑刺穿您的肉身？
克劳迪奥	他说的时候，我像喝了毒药。
唐·佩德罗	（向波拉齐奥。）但这事，是我弟弟唆使你干的？
里奥那托	对，为干成此事，他给了我好多钱。
唐·佩德罗	他由叛逆生成、造就，因犯下这桩恶行出逃。
克劳迪奥	亲爱的希罗！此时你的形象，以我初恋时的罕有外貌①呈现。
道格贝里	来，把这两原告②带走。这会儿，咱们的教堂司事已将此事改良③里奥那托先生。还有，先生们，别忘在合适的时间地点，指定④我是一头蠢驴。
弗吉斯	来了，里奥那托先生来了，司事也来了。

（里奥那托、安东尼奥及教堂司事上。）

里奥那托	哪个是恶棍？让我看一下他眼睛，以便，等我留意到另一个类似之人，好避开他。这几个人里，哪个是他？
波拉齐奥	要获知谁冤枉了您，看我好了。

---

① 罕有外貌（rare semblance）：指异常美丽。
② 原告（plaintiffs）：为道格贝里误用，他本要说"被告"（defendants）。
③ 改良（reformed）：为道格贝里误用，他本要说"告知"（informed）。
④ 指定（specify）：为道格贝里误用，他本要说"证明"（testify）。

唐·佩德罗　这番话是不是像一把剑刺穿您的肉身？

……

克劳迪奥　他说的时候，我像喝了毒药。

里奥那托	是你这个奴才,用呼出的气杀死了我无辜的孩子?
波拉齐奥	对,我一个人干的。
里奥那托	不,并非如此,恶棍,你诬蔑了自己。这里站着一对可敬的人,——第三个逃了,——那事他插了手。为我女儿的死,贵族们,感谢你们。把它,连同你们高尚和值得赞美的行为,记上一笔。不妨回想,你们这事干得勇敢。
克劳迪奥	我不知如何请您宽恕,但我必须开口。选您自己的复仇方式,凡能想出哪种惩罚能担起我罪恶之责,强加在我身上。但我并未犯罪,只是出于误会。
唐·佩德罗	以我的灵魂起誓,我也是。不过,为满足这位仁慈的老人,我愿屈从他命我承受的任何重压。
里奥那托	我无法命您让我女儿复活。——那不可能。但我请您二位,通告墨西拿这里的民众,我女儿死得何其无辜。假如您的情爱能在悲伤的诗歌技巧上有所劳作,便在她坟墓上悬挂一首悼亡诗,对着她的遗骨咏唱。——今晚去咏唱。——明早您来我家,既做不成我女婿,倒可做我侄女婿。我弟弟有个女儿,

几乎是我死去孩子的摹本,她是我兄弟俩①
的唯一继承人。把您本该给她姐姐的权
利②,给她,我的复仇可休矣。

克劳迪奥 啊,高贵的先生!您的过分友善从我体内绞
出泪水!我接受您的提议。从今往后,可怜
的克劳迪奥随您安排。

里奥那托 那明天,我恭候您来。今晚先行告辞。——
这邪恶之人,要带去与玛格丽特面对面,我
相信她是共犯,受您弟弟雇用,卷入这整桩
罪行。

波拉齐奥 不,以我的灵魂起誓,她不知情。和我谈话
时,她并不知自己在做什么。就我所知,做
任何事她一向高尚、贤惠。

道格贝里 找补一点儿,先生,——没用黑字记在白
纸上,——这个原告③,这个罪犯,叫过我蠢
驴。我央求您,治他罪的时候别忘喽。此
外,巡夜人听他们说到一个"变形怪",他们
说他耳朵上戴了一把钥匙,旁边挂着一把

---

① 兄弟俩(both of us):第一幕第二场第一行,里奥那托问安东尼奥侄子在哪儿,说明安东尼奥有个独子,并非独女。此应为莎士比亚写戏仓促,笔误所致。

② 权利(right):指成为妻子的权利,与"(婚礼)仪式"(rite)谐音双关。

③ 道格贝里再次将"被告"误用为"原告"。

锁①，以上帝的名义借钱②，——长此以往，借钱不还，弄得眼下人心变硬，不再因上帝的缘故借钱给人。请您在这点上审他一下。

里奥那托　感谢你操心、劳神。

道格贝里　阁下这口吻像个最懂感恩的可敬青年，我为您赞美上帝。

里奥那托　这是您的酬劳。(给钱。)

道格贝里　上帝保佑慈善基金会③！

里奥那托　去吧，你的囚犯由我接管，谢谢你。

道格贝里　我把一个坏透顶的恶棍留给阁下，请阁下亲自惩办，给别人弄个典范。上帝保佑阁下！我祝阁下安好。愿上帝恢复您健康！我谦卑地允您离开。若能如愿愉快再会，上帝不准！④——走吧，兄弟。(道格贝里与弗吉斯下。)

里奥那托　再会，各位，明天早上见。

安东尼奥　再会，各位，明早恭候。

---

① 第三幕第三场，巡夜人甲说："其中之一是那个'变形怪'。我认得他，蓄一绺卷发（wears a lock）。"道格贝里在此将其误称为"一个钥匙"（a key）和"一把锁"（a lock）。

② 参见《旧约·箴言》19：17："救济穷人等于借钱给上主。"这是乞丐乞讨时的习惯说法。

③ 原文为"God save the foundation."，这是乞丐接受施舍时常对宗教团体说的致谢语。道格贝里本要说"（团体）创办人"（founder）。

④ 道格贝里连续用错词语，他本要表达："愿上帝保持您健康！我谦卑地请您允我离开，若能如愿愉快再会，上帝恩准！"

唐·佩德罗　　我们一定不失约。

克劳迪奥　　今晚我要悼念希罗。(唐·佩德罗与克劳迪奥下。)

里奥那托　　(向巡夜人。)把这两个家伙带走。——我们要
　　　　　　找玛格丽特谈,她跟这个下流家伙如何相
　　　　　　熟。(同下。)

第二场

里奥那托家花园

（本尼迪克与玛格丽特上。）

本尼迪克　　请你，仁慈的玛格丽特小姐，帮我跟比阿特丽斯小姐谈谈，我会好好酬谢。

玛格丽特　　那您可否写一首十四行诗，赞美我的美貌？

本尼迪克　　要在高雅的诗风①里，玛格丽特，高到没哪个大活人能超过它②。因为，用最老实的话说，你值得。

玛格丽特　　没人超过我！咦，要我一辈子住楼梯下面③？

本尼迪克　　你的脑子像猎狗的嘴一样快。——一口叼住④。

玛格丽特　　您的脑子像击剑者的钝头剑一样钝，击中，

---

① 诗风(style)：与"阶梯"(stile)双关，意即"要把阶梯弄得高高的"。
② 超过它(come over it)：与"穿过"(traverse)双关，意即"没那个男人能穿过你"，含性意味，玛格丽特下句接话说"超过我"（躺我身上）。
③ 楼梯下面(below staivs)：旧时仆人房通常在楼梯下方。
④ 一口叼住(it catches)：狩猎术语，原指猎狗一口叼住猎物。

	也不伤人。
本尼迪克	一个顶有绅士派的脑子,玛格丽特。伤不着女人。所以,玛格丽特,我请你,喊比阿特丽斯。我向你交出小圆盾①。
玛格丽特	把剑交出来,小圆盾②我们自己有。
本尼迪克	如果您用它,玛格丽特,得用螺丝拧上长尖钉。对处女们,这是危险武器。
玛格丽特	好,我去给您叫比阿特丽斯,我想,她身上有腿。(玛格丽特下。)
本尼迪克	所以她会来③。

　　(唱。)

　　　　　爱神,

　　　　　端坐云天,

　　　　　知道我,知道我,

　　　　　我多么值得同情。④——

　　我意思是,在歌里值得同情。但在爱情上,——那游泳能手利安德,那头一位皮条

---

　　① 小圆盾(bucklers):旧时骑士击剑比武时手持中间安有长尖钉的小圆盾,主动交出小圆盾一方表示投降认输。

　　② 此句中"剑"与"小圆盾"含性意味,前者暗指男阳,后者暗指女阴。

　　③ 来(come):或与"性高潮"(orgasm)双关。

　　④ 相传这是民谣作家威廉·埃尔德顿(William Elderton, 生年不祥—1592)所写某首民谣开头几行。

客雇主特洛伊罗斯①,以及能占满整本书的
"早先"②那些蹭地毯的骑士们③,他们的名字
在无韵诗的平坦旅途上顺利传播④,唉,他们
从未可怜如我,在情爱里,那样真正头脚颠
倒过。——以圣母马利亚起誓,我无法用韵
体诗文来表露。我试过,除了"婴孩"——一
个简单的同韵词,找不出与"姑娘"⑤押韵的
字眼儿。只有"犄角"——一个精确⑥的同
韵词,能跟"嘲笑"⑦押韵。能跟"学识"押韵
的,只有"傻瓜"⑧——一个瞎扯的同韵词。
净是不吉利的韵脚!不,我没在同韵的星体
下落生,也不会用欢愉的词语去求爱。

---

① 皮条客雇主特洛伊罗斯(Troilus the first employer of panders):在荷马史诗《伊利亚特》中,特洛伊王子特洛伊罗斯经叔叔潘达罗斯(Pandarus)说媒撮合,与希腊女子克瑞西达私通相爱。英语"皮条客"(pandar)源于"潘达罗斯"。

② "早先"(quondam):原为拉丁语。

③ 蹭地毯的骑士们(carpet-mongers):蔑称那些不会打仗,只会在贵妇人客厅里厮混的骑士,亦称"客厅骑士"。原文为"a whole book full of these quondam carpet-mongers"。朱生豪译为:"那一大批在书上的古代的风流才子。"梁实秋译为:"一切一切从前的花花公子。"

④ 此句调侃那些"客厅骑士"被蹩脚诗人写进无韵诗,四处传播。

⑤ "婴孩"(baby)与"姑娘"(lady)为同韵词。

⑥ 精确(hard):另有"令人不爽"之含义。

⑦ "犄角"(horn)与"嘲笑"(scorn)为同韵词,"犄角"暗指被出轨妻子戴上绿帽子的丈夫。

⑧ "学识"(school)与"傻瓜"(fool)为同韵词。

（比阿特丽斯上。）

本尼迪克　　　亲爱的比阿特丽斯，我一请，你就愿意来？

比阿特丽斯　　是的，先生，叫我离开，我便走。

本尼迪克　　　啊，到那时再走！（她欲走。）

比阿特丽斯　　"到那时"已说出口，只好当即向您告辞。——不过，走之前，让我知道我为之前来的那件事，就是，您和克劳迪奥之间发生过什么？

本尼迪克　　　恶言恶语而已。因此，我要吻你。

比阿特丽斯　　恶言乃恶风，恶风乃口臭，口臭有害，因此，我要走，不要吻。①

本尼迪克　　　你把这个词的正确意思吓坏了，你的口才说服力太强。但我必须直白相告，克劳迪奥已接受挑战，他如不很快给我回信，我要把他签署②成一个懦夫。现在，请你告诉我，你最初爱上我，因我哪些糟品德？

比阿特丽斯　　因为全身所有糟品德。它们的邪恶姿态保持得那么谨慎，休想掺杂进半点儿好品

---

① 原文为"Foul words is but foul wind, and foul wind is but foul breath, and foul breath is noisome; therefore I will depart unkissed."。朱生豪译为："骂人的嘴是不干净的，不要吻我，让我去吧。"梁实秋译为："恶声只是恶风，恶风只是恶气，恶气是讨人嫌的；所以我要走了不能让你亲嘴。"

② 签署（subscribe）：意即"公开宣布"。

德。但您最初对我虐心①相恋,因我哪些好品德?

本尼迪克　　　虐心相恋!——表述得好。我果真在虐心相爱,因我爱你,违背心愿。

比阿特丽斯　　让您的心倒了霉,我想。唉,可怜的心! 若为我之缘故,您对它怀了敌意,我要为您之缘故,仇视它,因我永不爱恋人之所恨。

本尼迪克　　　你我二人都太聪明,无法平心求爱。

比阿特丽斯　　这说法显不出聪明。二十个聪明人里,没谁会自夸聪明②。

本尼迪克　　　这是很老、很老的一句谚语,比阿特丽斯,它存活在睦邻时代③。如今这时代,一个男人若不在死前自建墓碑,待丧钟敲响,寡妇哭泣,便不再活在人们记忆里。

比阿特丽斯　　您以为,记忆能有多久?

本尼迪克　　　有问有答:——唉,一小时钟鸣,一刻钟泪流。所以,对于聪明人,如果他的良心,"蛆

---

① 虐心(suffer):双重含义,指体验,又指感受痛苦。

② 参见《旧约·箴言》27:2:"让别人夸奖你吧,甚至让陌生人夸奖你;你可不要自夸。"

③ 睦邻时代(the time of good neighbors):即古希腊"黄金时代"(约公元前480—公元前323)。古谚为:"自夸者有恶邻居。"(He who praises himself has ill neighbors.)

虫先生"①,找不见相反的障碍,最应急的办法是,像我那样,做自我美德的号角②。为赞美自己,说了许多好话,我可以自我作证,我值得赞美。现在告诉我,您妹妹怎样了?

比阿特丽斯　病得厉害。

本尼迪克　您自己呢?

比阿特丽斯　也病得厉害。

本尼迪克　侍奉上帝,爱我,会好起来。我得走了,因为有人匆匆赶来。

(厄休拉上。)

厄休拉　小姐,快去找您叔叔。家里出了大乱子。事实证明,希罗小姐遭人诬陷,亲王和克劳迪奥被骗惨了,都是唐·约翰一个人干的,他逃走了。您立刻来吧?

---

① "蛆虫先生"(Don Worm):良心行为传统上被描绘成遭蛆虫啃咬。参见《旧约·以赛亚书》66:24:"因为他们的蛆虫不会死,他们的火不会熄灭。"《新约·马可福音》9:48:"在那里,他们的蛆虫不死,火不熄灭。"

② 原文为"Therefore it is most expedient for the wise, if Don Worm, his conscience, find no impediment to the contrary, to be the trumpet of his own virtues, as I am to myself."。朱生豪译为:"所以一个人只要问心无愧,把自己的好处自己宣传宣传,就像我对于我自己这样子,实在是再聪明不过的事。"梁实秋译为:"所以聪明人最要紧的是——如果他的良心蛆虫先生不出来作梗,——把自己的优点大吹大播,像我们所作的那样。"

比阿特丽斯　　　您可愿去听这消息，先生？

本尼迪克　　　　我愿住在你心里，死在你大腿上①，葬在你
　　　　　　　　眼睛里。此外，我愿与你同去你叔叔家。

　　　　　　　　（同下。）

---

① 含性意味，暗指性高潮。

第三场

教堂内

（唐·佩德罗、克劳迪奥、巴尔萨泽偕三四支细蜡烛，众乐师随后。）

克劳迪奥　　这是里奥那托家族墓地？

一贵族　　　是的，大人。

克劳迪奥　　（读悼亡诗。）

　　　　　　　希罗在这里长眠，

　　　　　　　诽谤的舌头害她死命：

　　　　　　　死神，为回报她的冤屈，

　　　　　　　赐予她不死的美名。

　　　　　　　于是，蒙羞而死的生命，

　　　　　　　伴着荣耀之名，活在死亡里。

　　　　　　（挂起手卷。）

　　　　　　　把你挂在这坟头，等我

　　　　　　　成了哑巴，还能赞美她。——

　　　　　　　现在，乐队，奏乐，唱庄严的赞美诗。

巴尔萨泽　　（唱。）

克劳迪奥　　这是里奥那托家族墓地？

一贵族　　　是的，大人。

克劳迪奥　　（读悼亡诗。）

　　　　　　　司夜之女神①,宽恕,

　　　　　　　那些杀死你童贞仰慕者的人。

　　　　　　　为此,他们唱起悲伤的歌,

　　　　　　　在墓地四周绕行。

　　　　　　　子夜,帮我们悲叹,

　　　　　　　助我们叹息、呻吟,

　　　　　　　哀怨地,哀怨地。

　　　　　　　坟墓,裂开②,交出死人,

　　　　　　　直到唱完这悼亡的歌,

　　　　　　　哀怨地,哀怨地。

克劳迪奥　　　此刻,我向你的遗骨道晚安!——

　　　　　　　每年,我要这样以葬仪致哀。

唐·佩德罗　　早安,各位,将火把熄灭。

　　　　　　　狼群捕获到猎物。瞧,白昼的微光

　　　　　　　在福玻斯的车轮③巡行之前,

　　　　　　　给惺忪的东方染上昏暗的光斑。

　　　　　　　多谢大家,各自离开。再会。

---

　　① 司夜之女神(goddess of the night):古罗马神话中主司黑夜的月亮和贞洁女神狄安娜(Diana)。

　　② 参见《新约·马太福音》27:52:"坟墓也被震开,许多已死的圣徒都复活起来。"

　　③ 福玻斯的车轮(the wheels of Phoebus):指古希腊神话中太阳神阿波罗的战车,阿波罗全名为福玻斯·阿波罗。此句原文为"the gentle day / Before the wheels of Phoebus round about."。朱生豪译为:"熹微的晨光在日轮尚未出现之前。"梁实秋译为:"那晨曦的亮光,/ 走在太阳的前面。"

克劳迪奥	早安,诸位。各自走路。
唐·佩德罗	来,走吧,穿上其他衣服①;
	随后,咱们去里奥那托家。
克劳迪奥	眼下,愿海门②以更幸运的结果让我们繁盛,
	切莫像这一个③,我们为她献出这份悲痛!④(同下。)

---

① 指穿上丧服以外的衣服。
② 海门(Hymen):古希腊神话中的婚姻之神。
③ 这一个(this):指希罗。在克劳迪奥的想象中,他哀悼完希罗,将迎娶希罗的堂妹。
④ 原文为"And Hymen now with luckier issue speed's / Than this for whom we rendered up this woe!"。朱生豪译为:"但愿月老有灵,这一回赐给我好一点的运气。"梁实秋译为:"愿婚姻之神给我们较好的下场。/ 别像这一个,令我们如此的悲戚!"

第四场

里奥那托家中一室

（里奥那托、安东尼奥、本尼迪克、比阿特丽斯、玛格丽特、厄休拉、修道士弗朗西斯与希罗上。）

修道士　　我没告诉过您,她无辜吗?

里奥那托　基于您听到的咱们争论过的那错误,指控她的亲王和克劳迪奥,也属无辜。但这件事,玛格丽特有些过失,但从整个调查的真实过程来看,非本心所愿。

安东尼奥　嗯,一切结果很好,我真高兴。

本尼迪克　我也高兴,不然,按承诺,我要被迫去找克劳迪奥,算清这笔账。

里奥那托　好,女儿,还有你们各位小姐,都退到一间屋里,等我一招呼,你们戴面具前来。亲王和克劳迪奥答应好此时来访。(小姐们下。)——弟弟,要清楚您的任务:您必须是自己哥哥的女儿之父,把她交给年轻的克劳迪奥。

安东尼奥　　我要板起面孔。

本尼迪克　　修道士，我想，有一事劳烦。

修道士　　做什么，先生？

本尼迪克　　要么约束我，要么毁掉我①，——二选一。里奥那托先生，事实是，仁慈的先生，您侄女对我，用偏爱之眼相看。

里奥那托　　那偏爱之眼是我女儿借给他的②。这千真万确。

本尼迪克　　我用相恋之眼回报她。

里奥那托　　您的目光，我想，由我、克劳迪奥和亲王那儿而来。但您意愿如何？

本尼迪克　　您的回答，先生，谜一样难懂。但，至于我的意愿，我的意愿是，您乐于同意我们的愿望，今日结成体面的婚姻。——在这事上，仁慈的修道士，我请您相助。

里奥那托　　我的心与您的心愿同在。

修道士　　我愿相助。——亲王和克劳迪奥来了。

（唐·佩德罗与克劳迪奥及侍从等上。）

唐·佩德罗　　向这美好的相聚道早安。③

————————————

　　① 原文为"To bind me, or undo me."，"约束"与"捆绑"双关，"毁掉"与"松绑"双关。此句意即"要么请您拿婚约捆束我，要么为我松开婚姻的绑绳"。
　　② 此处暗指希罗哄骗比阿特丽斯承认自己对本尼迪克心有所爱。
　　③ 原文为"Good morrow to this fair assembly."。朱生豪译为："早安，各位朋友。"梁实秋译为："诸位早安。"

里奥那托	早安,亲王。早安,克劳迪奥。我们在此恭候。您下决心了,今天要娶我弟弟的女儿?
克劳迪奥	我决心不变,除非她是埃塞俄比亚人①。
里奥那托	喊她前来,弟弟。修道士已准备好。(安东尼奥下。)
唐·佩德罗	早安,本尼迪克。喂,怎么回事?您竟摆出一副二月脸,满是寒霜、风暴、阴云。
克劳迪奥	我想,他在寻思那头野牛。——咳,别担心,老兄!我们要用金子把你的犄角包起来,让整个欧罗巴②为你高兴。
	好似欧罗巴望见强壮的周甫那样高兴,
	当时,相恋中的周甫扮作高贵的牲畜③。
本尼迪克	公牛周甫,先生,发出可爱的哞哞声,
	这只奇怪的公牛,跳上你父亲的母牛④,
	凭这高贵的业绩,生下一只小牛犊,
	长得很像您,因为哞哞叫得跟他一样。

---

　①埃塞俄比亚人(Ethiope, i.e. Ethiopian):埃塞俄比亚,即北非古王国,伊丽莎白时代女性以肤白为美,故以此代指黑皮肤的女人。

　②欧罗巴(Europa):即欧洲。此处化用古希腊神话中"宙斯与少女欧罗巴的故事":宙斯(Zeus)爱上腓尼基国王阿格诺尔(Agenor)之女欧罗巴,化身为一头白公牛,驮起正在长满鲜花草地上跟姐妹们玩耍的欧罗巴,飞奔来到克里特岛。欧罗巴嫁给宙斯,生下三个强大、睿智的儿子:弥诺斯(Minos)、拉达曼提斯(Rhadaman-thys)、萨尔佩冬(Sarpedon)。莎士比亚此处取自奥维德《变形记》,奥维德将希腊神话故事做了改写。

　③高贵的牲畜(noble beast):指宙斯化身的白公牛。

　④意即"交配"。

（安东尼奥、希罗、比阿特丽斯、玛格丽特与厄休拉上，小姐们各戴面具。）

克劳迪奥	这笔账我要还你。①另一笔账来了。要我抓住，哪位小姐？
安东尼奥	这位便是，我把她交给您。
克劳迪奥	啊，那她归我了。——亲爱的，让我看看您的脸。
里奥那托	不，不可以，要等您在修道士面前牵住她的手，发誓说要娶她。
克劳迪奥	在这神圣的修道士面前，您把手伸给我。您若喜欢我，我就做您丈夫。
希罗	我在世时，我是您另一个妻子。(揭开面具。)您相爱时，您是我另一个丈夫。
克劳迪奥	又一个希罗！
希罗	半毫不差。一个希罗蒙羞死去。但我活着，确确实实，我是个处女。
唐·佩德罗	原先的希罗！那死去的希罗！
里奥那托	只要对她的诽谤还存活，殿下，她就算死了。
修道士	这一切惊讶，我能减缓，等那神圣的仪式结束，我要把美丽的希罗之死全部讲给你们。现在，把这奇妙当成寻常事，让我们立刻去

---

① 意即"你这般挖苦我，我要找机会报复你"。上句中，本尼迪克暗讽克劳迪奥是野种小牛犊。

	小教堂。
本尼迪克	稍等,修道士。——哪个是比阿特丽斯?
比阿特丽斯	(揭开面具。)我回应这名字。①您有何心愿?
本尼迪克	难道您不爱我?
比阿特丽斯	啊,不,不超出理性。
本尼迪克	哎呀,那您叔叔,亲王,还有克劳迪奥,都上当了。——他们发过誓,说您爱我。
比阿特丽斯	莫非您不爱我?
本尼迪克	老实说,不,不超出理性。
比阿特丽斯	哎呀,那我妹妹,玛格丽特,还有厄休拉,都上了大当,因为他们发过誓,说您爱我。
本尼迪克	他们发誓说,您几乎为我害病。
比阿特丽斯	她们发誓说,您险些为我去死。
本尼迪克	没这么回事。——那您,不爱我吗?
比阿特丽斯	不,真的,友情回报而已。
里奥那托	好了,侄女,我确信,您爱这位先生。
克劳迪奥	我敢发誓,他爱她。因为这儿有张纸,他的笔迹(出示一纸),一首纯出自他脑子的跛脚十四行诗,写给比阿特丽斯。
希罗	这儿也有一首诗,姐姐亲笔所写,我从她兜里偷了来(出示另一纸),诗里饱含对本尼

---

① 原文为"I answer to that name.",意即"我就叫这名字"。

克劳迪奥　　我敢发誓，他爱她。因为这儿有张纸，他的笔迹（出示一纸），一首纯出
　　　　　　自他脑子的跛脚十四行诗，写给比阿特丽斯。

迪克的爱恋。

本尼迪克　　　奇事一桩！这分明是我们的亲笔在迎战内心。——来，我要娶你。但，以这天光起誓，娶你出于怜惜。

比阿特丽斯　　我不愿拒绝您，但以这好天光起誓，我屈从了强大的说服力①，部分出于要救您一命，因为听说您得了肺痨。

本尼迪克　　　安静！我要堵您的嘴。(吻她。)

唐·佩德罗　　你好啊，"已婚男子本尼迪克"。

本尼迪克　　　我来告诉你，亲王。一群脑子狂热之人②休要嘲笑我有违初衷。你以为，一篇挖苦短文或一首嘲讽短诗，我会在乎？不！谁要是怕被俏皮话吓住，他永不敢穿漂亮衣裳。③简单说，既然我打算结婚，随世人怎么说反话讥笑，我认为丝毫无碍。由此，别因为我说过反对的话，就嘲笑我。因为，人是轻浮善变的东西，这是我的结论。——至于你，克劳迪奥，我想过要揍你一顿，但既然你多半要变成我的亲戚，

①　原文为"I yield upon great persuasion.",意即"我是被朋友们劝服的"。朱生豪译为："我只是因为却不过人家的劝告。"梁实秋译为："我是勉强答应你。"

②　脑子狂热之人(wit-crackers)：指好开玩笑的人。

③　意即"一个人若被讥讽吓倒，漂亮衣服都不敢穿，就更不敢结婚了"。

那就放你不受损伤地活着,也好爱我的姨表妹。

克劳迪奥　我原希望你拒绝比阿特丽斯,好让我棒打你一顿,叫你摆脱独身生活,变成一个有妇之夫①。对此,毫无疑问,如果我姨表姐不死活盯紧,你会变成一个奸夫。

本尼迪克　行了,行了,咱们是朋友。——结婚之前,跳支舞,咱们好松松心,也让两位妻子的脚后跟变轻盈②。

里奥那托　等婚礼过后再跳。

本尼迪克　听我的,先跳! 因而,奏乐。——亲王,你神情严肃。娶个妻子,娶个妻子! 没哪根官杖比顶端配上犄角更令人尊敬。(一使者上。)

使者　　　殿下,您弟弟约翰在出逃时被抓,由武装士兵押回墨西拿。

本尼迪克　别想这事,明天再说。我要为他设计出极好的惩罚。——风笛手,吹奏!(跳舞,同下。)

（全剧终）

---

① 有妇之夫(double-dealer):与"骗子""奸夫"双关,暗指已婚男人易出轨。
② 变轻盈(lighten):指跳起舞来,暗示激起性欲望。

《无事生非》：
莎士比亚第一部"欢庆喜剧"

傅光明

《无事生非》(*Much Ado About Nothing*)与《皆大欢喜》(*As You Like it*)、《第十二夜》(*Twelfth Night*)并称莎士比亚三大"欢庆喜剧"。按写作时序,《无事生非》排第一。1879 年 4 月 23 日莎士比亚生日这一天,莎士比亚纪念剧院(Shakespeare Memorial Theatre)在莎士比亚故乡、埃文河畔小镇斯特拉福德举行开幕典礼,该剧作为首演剧目。由此可知,该剧在全部莎剧中居于相当重要的地位。

一. 写作时间和剧作版本

1. 写作时间
由以下明证可认定《无事生非》写于 1598 年至 1600 年之间:
① 1598 年 9 月 7 日,伦敦"书业公会"(Stationers' Company)登记册上记载:作家弗朗西斯·米尔斯(Francis Meres, 1565—

1647)著《智慧的宝库》(*Palladis Tamia*, *Wits Treasury*)一书印行。米尔斯书中提及,"关于喜剧,请看他(莎士比亚)的《维罗纳绅士》(*Gentlemen of Verona*)、《错误》(*Errors*)、《爱的徒劳》(*Love's Labur's Lost*)、《爱得其所》(*All the right Noises*)、《仲夏夜之梦》(*A Midsummer Night's dream*)、《威尼斯商人》(*the Merochant of Venice*)"。尽管所提两个剧名并不完整,但无须怀疑:《维罗纳绅士》即《维罗纳二绅士》(*The Two Gentlemen of Verona*);《错误》即《错误的喜剧》(*The Comedy of Errors*)。在这部英国文学史上有着重要意义,也是最早一本评论莎士比亚诗歌及其早期剧作的书中,所列喜剧不包括《无事生非》,无疑意味着该剧应写于1598年下半年。是否9月之后开始动笔,未可知。

② 1599年上半年(或在年初),莎士比亚所属宫务大臣剧团(the Lord Chamberlain's company)当红台柱子喜剧演员威廉·坎普(William Kemp)离开剧团。但从1600年出版的四开本《无事生非》第四幕第二场台词开头处剧中人物"道格贝里"的名字被"坎普"替代,明显看出,剧中治安官"道格贝里"这一角色仍属莎士比亚专为坎普所写。诚然,坎普离职后,他的丑角儿位置由喜剧演员罗伯特·阿明(Robert Armin)取代。莎士比亚为阿明量身打造的第一个丑角儿,是写于1599年的《皆大欢喜》中的小丑"试金石"。从阿明出演"试金石"不难发现,与坎普相比,阿明的喜剧风格更为睿智文雅。由这两点可精准判定,《无事生非》必写于1599年上半年坎普离团之后、初夏写《亨利五世》和下半年《皆大欢喜》动笔之前。换言之,《无事生非》极有可能在《亨利五世》和《皆大欢喜》之间完稿。

③ 1600 年 8 月 23 日，《无事生非》在书业公会注册登记，同时注册的还有《皆大欢喜》《亨利五世》和本·琼森的喜剧《人人高兴》(*Every Man in His Humor*)，但册上均注明"尚未印行"字样。事实上，比起上述两条明证，这条可忽略不计。

2.剧作版本

1600 年 8 月《无事生非》注册后，很快由两位伦敦出版商安德鲁·怀斯(Andrew Wyse)与威廉·阿斯普莱(William Aspley)联手，付梓印行四开本。这也是该剧最具权威的版本，1623 年"第一对开本"《威廉·莎士比亚先生喜剧、历史剧及悲剧集》中的《无事生非》，为据此四开本加以校订的本子，其中讹误差错却大体未动。四开本与第一对开本最大的不同在于，前者不分幕次场次，后者分幕分场。

四开本标题页写着："《无事生非》。本剧多次由宫务大臣剧团荣誉公演。威廉·莎士比亚编剧。瓦伦丁·西姆斯(V.S.)于伦敦为安德鲁·怀斯与威廉·阿斯普莱印制。1600 年。"

在此尚需指明一点，前文提到，在四开本第四幕第二场台词开头处，剧中角色"道格贝里"(Dogberry)的名字印成扮演者"坎普"(Kemp)。同时，此处将另一角色、教区治安官"弗吉斯"(Verges)，印成在剧中与道格贝里配戏的另一位演员理查德·考利(Richard Cowley)的名字。由此不难判定，四开本以剧团演出所用的提词本为据印制。显而易见，供剧团演出之需的提词本，一定会对剧作原稿进行改动，使其达成舞台表演之效。那么问题来了：莎士比亚原稿何处寻？答案很简单：不可寻！所有莎翁手稿，均无据可考，皆无迹可寻。

二、原型故事

英国莎学家 F. H. 马雷什（F. H. Mares）在为其编注的"新剑桥"《无事生非》所写的导读中，对该剧素材来源有专门论述。本节以此为据，加以描述。①

1.《圣经·次经·但以理书》中"苏珊娜与长老"的故事

像《无事生非》剧中希罗（Hero）那样的贞洁女性遭毁谤的故事，由来已久。《圣经·次经·但以理书》中"苏珊娜与长老"为最著名的之一，情节大体如下：

巴比伦王国最后一个王朝（公元前626—公元前538）尼布甲尼撒二世时期，巴比伦城里住着一位犹太富商，妻子苏珊娜（Susanna）美丽端庄，敬畏上帝，严守摩西律法。城中犹太人常来家中美丽花园聚会，其中两个元老被选为士师（法官）。两位士师长老每天来富商家，谁遇到纠纷，都来此处找他们协商解决。

苏珊娜每天在花园里散步时，二位长老都能看到她美丽的身影，看得欲火难耐，两双眼睛死盯苏珊娜，无心断案。二人各思淫邪，彼此却难开口。自此，二人每天逗留花园，只为一睹苏珊娜倩影。每次，二人同时离开，再前后脚回来。彼此心知肚明，最终挑明，待时机成熟，一起向苏珊娜提雨云之事。又是炎热的一天，苏珊娜像平日一样和两个侍女在花园沐浴，她让两位侍女去取油、膏，叮嘱其关好院门。躲在暗处的二位长老立刻现

① 参见 Introduction, *Much Ado About Nothing*, Edited by F. H. Mares, Cambridge University Press, 2003, pp.1-7.

身,说院门已关,此处无旁人,愿躺在一处服侍苏珊娜;若不应允,便称她故意支开侍女,与一小伙幽会,判她奸淫之罪。苏珊娜拒绝苟且,表示绝不在上帝眼里犯罪。苏珊娜高声求救,二长老竟随声喊叫,其中一个跑去打开院门。众人不知何事,二长老只称令人难堪,羞于启齿。

次日,人们来到富商家。二长老让人扯掉苏珊娜的面纱,把手放在她头上,诬称二人在花园一角散步,见她与二侍女进门,关门,后打发走侍女。遂与一小伙幽会。二人连忙跑来,见一对男女躺在一起。但小伙力气大,夺门而逃。问她小伙去处,她闭口不谈。

人们信以为真,苏珊娜被判处死刑。她拒不承认做下二长老所污之事,向上帝申诉,他们在做伪证! 此时,上帝唤醒先知但以理,但以理高喊:"我不要沾染她无辜的血!"众人不知何意,但以理说:"你们竟蠢到未经查明便要处死一个以色列人的女儿? 二长老做伪证,重审此案!"得到上帝启示的但以理,让人把两个长老分开讯问。二人自相矛盾的证词暴露出他们做伪证的真相,苏珊娜的贞洁名誉得到保护。最后,按照摩西律法,二长老被处死。

同一主题的作品在西方绘画史上很常见,无论大师级艺术家还是才华略逊的普通画家,都喜欢表现这一题材。

2.班戴洛"提姆布里奥与菲妮希娅"的故事

马雷什指出,与该剧主题关联最密切的版本是意大利文艺复兴时期杰出小说家马特奥·班戴洛(Matteo Bandello)1554 年在卢卡(Lucca)印行的《小说》(*Novelle*)中的第 22 个故事——

"提姆布里奥与菲妮希娅"（Timbero and Fenecia）。但该书直到19世纪末才有英译本。班戴洛的故事，可能直接或间接取材于安东尼·查里顿（Anthony Chariton）所写的希腊晚期传奇《凯瑞阿斯与卡莉萝》（*Chaereas and Callirrhoe*）。法国作家贝尔福莱（Belleforest）将其翻译并扩写的《悲剧故事集》（*Histoires Targiques*）第三卷法文版于1569年出版。但最有可能的是，莎士比亚以意大利文为据，而非法文——除非他另有不为人知的素材来源。

该剧主要剧情由班戴洛"提姆布里奥与菲妮希娅"（Timbero and Fenecia）的故事而来，亦将背景设在墨西拿（Messina），且次要人物的名字亦源于此：阿拉贡国王皮耶罗（Piero）——莎剧中的阿拉贡亲王佩德罗（Pedro）——作为当地威权人物，梅塞尔·里奥那托·德·里奥纳蒂（Messer Lionato de' Lionati）——莎剧中的墨西拿总督里奥那托（Leonato）——作为女主角之父。然而，两部作品有很大不同。皮耶罗国王出现在西西里，是"西西里晚祷事件"（Sicilian Vespers）的结果——1282年复活节后星期一晚祷时间，再无法忍受法国人统治的西西里人，在巴勒莫附近屠杀法国居民，之后的战争导致法国安茹王朝被西班牙阿拉贡王朝取代。他在海上战胜那不勒斯国王卡洛二世（Carlo II）之后，在墨西拿取得胜利。剧中对阿拉贡亲王唐·佩德罗（Don Pedro）的战争只有个模糊轮廓，却似乎描述出他私生子弟弟唐·约翰（Don John）的反叛。提姆布里奥·迪·卡多纳爵士（剧中贵族青年克劳迪奥）是一位"德高望重的男爵"，并不十分年轻，因在近来战争中早熟的勇猛获得认可。他的地位远在菲妮希娅（剧中希罗)小姐之上,因为梅塞尔·里奥那托先生尽管家族古老,(相对来说)是位穷绅士。提姆布里奥在意识到他无法引诱菲妮希娅之后,才决定娶她,他提出求婚,菲妮希娅父亲欣然接受。毁谤由提姆布里奥的一个朋友吉伦多·奥莱里奥·瓦伦扎诺(Girondo Olerio Valenziano)爵士策划。吉伦多也爱上菲妮希娅,要用这种手段毁掉这桩婚事,好自己娶她。他的代理人是位比起做好事更乐于犯坏的年轻朝臣,他告诉提姆布里奥,在过去几个月里,菲妮希娅一直有恋人。他声称意在保护提姆布里奥免受羞辱,他为此设局,让提姆布里奥躲在一处地方,眼见一个仆人,衣着和喷的香水都像一位绅士,爬上梯子,爬入远处一扇窗户,那是里奥那托家平常很少用的窗户。但在这个故事里,没有穿上菲妮希娅衣服假扮她的女仆的细节。被激怒的提姆布里奥派人去找里奥那托,指责菲妮希娅不贞,并解除婚约。菲妮希娅晕死过去。叔叔吉罗拉莫(Girolamo)把她秘密送往乡间别墅,在那里她得以假托另一身份。同时,她的葬礼如期举行。人们并相不信对她不贞的指控,认为那只是提姆布里奥为摆脱婚姻的借口,他经过深思熟虑,觉得这桩婚事似乎太有损社会地位。但提姆布里奥本人深有悔意,意识到证据可疑便妄下定论。吉伦多也极度悲伤,良心不安。葬礼过去一周后,他带着提姆布里奥蒂姆去菲妮希娅之墓,祭拜深表忏悔,把所佩短剑交给提姆布里奥,要他以杀死自己来复仇。提姆布里奥宽恕了他,两位绅士向里奥那托忏悔,并得到宽恕,但前提条件是,提姆布里奥须迎娶里奥那托引荐的女子为妻。菲妮希娅在乡下度过一年,变得更美丽了,几乎没人能认出与以前是同一人。里奥那托告诉提姆布里奥已为他选中一位妻子，带他去见她。提姆布里奥娶了美丽的露西拉（Lucilla），却没认出眼前的露西拉就是菲妮希娅。在婚礼早餐上，他黯然神伤地讲起菲妮希娅的故事，新婚妻子随即将自己的身份揭晓。为给一切画上圆满句号，吉伦多恳求，若蒙允准，愿与菲妮希娅的妹妹贝尔菲奥牵手百年，因为贝尔菲奥是世界上最美丽的女子。双喜临门，皮耶罗国王为里奥那托的这两个女儿，各自备上丰厚嫁妆。

3. 阿里奥斯托"阿里奥丹特与吉娜芙拉"的故事

在意大利文艺复兴时期著名诗人作家卢多维科·阿里奥斯托（Ludovico Arisoto，1474—1533）所写《奥兰多·弗里奥索》（*Orlando Furioso*）第五部一个同类故事中，仆人受骗穿上女主人的衣服。该书由约翰·哈灵顿爵士（Sir John Harington）将其译成"英语英雄诗"，1591年出版。故事讲述了在苏格兰海岸遭遇海难的雷纳尔多（Renaldo），听说苏格兰国王之女吉娜芙拉（Genevra）被指控不贞，而且，"在这点上，法律明文规定，/ 除非凭搏斗证明这是谎言，/ 吉娜芙拉必须受死。（第66诗节）"没人出面为她辩护，于是，雷纳尔多立刻前往苏格兰宫廷，路遇两恶棍试图谋杀一少妇，遂将她救起，二人同行，她实言相告，自己对吉娜芙拉的处境负有并非有意之责。原来，她是吉娜芙拉的伴娘，爱上了二号权力人物阿尔班公爵波利纳索（Polynesso，Duke of Alban），成为他的情妇。波利纳索热望迎娶公主，并说服侍女戴琳达（Dalinda）协助他。但吉娜芙拉爱的是高贵的阿里奥丹特（Ariodante），遭拒的波利纳索设计要毁坏公主名声。他说服戴琳达身穿吉娜芙拉的衣服，模仿她的发型，为他们的幽会做准备——他们常在宫中的公主房间约会。然后，他告诉阿里奥丹特，他是吉娜芙拉的恋人，并向他提供亲眼可见的证据，并要他永守这个秘密。阿里奥丹特藏身一处，从这儿刚好能看到吉娜芙拉偷偷将波利纳索波迎入寝室，但他信不过自己这位情敌，于是安排弟弟卢尔卡尼奥（Lurcanio）藏在一个眼不能见、耳却能听到的地方，以便在他受到攻击时前来相助。卢尔卡尼奥担心哥哥深陷困境，没待在原地点，而是藏身于更近处。

他们看到"吉娜芙拉"欢迎波利纳索——因戴琳达穿着吉娜芙拉的衣服，他们误以为是吉娜芙拉。卢尔卡尼奥阻止了阿里奥丹特当场自杀，但后者很快失踪不见，随即有个农民带来消息说他已跳海自杀。卢尔卡尼奥并未认出波利纳索，他将哥哥的死归罪于吉娜芙拉，并指责她不贞洁。没有挑战者出面为她辩护。戴琳达吓坏了，波利纳索建议她躲到他叔叔的一座城堡中，当吉娜芙拉一案结束后，再来娶她。但波利纳索打算谋杀戴琳达，恰好雷纳尔多及时赶到加以阻止。

雷纳尔多和戴琳达来到苏格兰宫廷，他们发现一位无名勇士出面保护吉娜芙拉，当时，搏斗正在进行中。雷纳尔多乞求苏格兰国王叫停这场搏斗，并讲述了戴琳达的故事。随后，雷纳尔多与波利纳索交战，将其击败。波利纳索临死前，承认了自己的恶行。那无名的守卫者原来是阿里奥丹特，他本想跳入冰水自杀，但听说吉娜芙拉有危险，他是那么爱她，即使相信她有罪，就算来挑战自家兄弟，也要救她。一切尘埃落定——戴琳达退隐修女院。

哈灵顿将该版"阿里奥丹特与吉娜芙拉"的故事归功于

1541年出生的诗人乔治·图伯维尔（George Turbervile），但无人知晓有这首诗。倒是有一本彼得·贝弗利（Peter Beverley）所著《阿里奥丹托与菲娜芙拉的故事》（*The Histories of Ariodonto and Fenevra*），1566年在伦敦书业公会登记在案。该诗以一行14个音节写成，详述了阿里奥斯托笔下的这个故事。

4. 斯宾塞《仙后》中"菲顿与克拉丽贝尔"的故事

比莎士比亚年长一轮的诗人埃德蒙·斯宾塞（Edmund Spenser, 1552—1599）所著《仙后》（*The Faerie Queene*）第二卷，有个类似的故事，结局是悲剧性的。在诗篇第四章，盖恩爵士（Sir Guyon）将菲顿（Phedon）从富尔（Furor）手中救出后，菲顿讲述了自己的故事。他和菲利蒙（Philemon）一起长大，两人是多年挚友。菲顿深爱着克拉里贝尔夫人（Lady Claribell）。婚礼在即，菲利蒙告诉他，克拉里贝尔夫人对他不忠，她的情夫是个身份卑微的侍从官，"他常在一幽暗凉亭内 / 与她相会：最好证明，/ 他答应带我去那房中，/ 当我看到时，我能走得更近，/ 迫使我收回盲目的受虐之爱。（第24节）"菲利蒙引诱克拉里贝尔的女仆派瑞妮（Pyrene），劝说她该穿上一套克拉里贝尔"最华美的衣装"，显出自己比女主人更漂亮。派瑞妮照做了，菲顿看到这对恋人在"幽暗凉亭内"嬉戏，便认定是克拉里贝尔和卑微的侍从官在一起。他转身离开，"一路念叨着复仇"，再见到克拉里贝尔时，他杀了她。派瑞妮听完他这样做的原因之后，承认"菲利蒙如何改变了自己命运"。菲顿将菲利蒙毒死，然后持剑追杀派瑞妮，想把她也杀了。正在追杀中，他落入了早被盖恩爵士救起的富尔及其母亲奥卡西奥（Occasio）之手。

在剧作家乔治·惠特斯通(George Whetstone,1544—1578)
1576 年出版的《岩石之景》(*Rocke of Regard*)一书中,有一篇"里
纳尔多与吉莱塔的对话"(Discourse of Rinaldo and Giletta),该篇
包含阿里奥斯托和班戴洛的两部分故事内容。对此,莎学家杰
弗里·布洛(Geoffrey Bullough,1901—1982)在其八卷巨著《莎士
比亚的叙事与戏剧本源》(*Narrative and Dramatic Sources of
Shakespeare*)第二卷论及《无事生非》时指出:"显然,这个故事很
大程度归功于阿里奥斯托。故事中的计谋被削弱,但主人公试
图自杀,随后失踪。总体基调和小说手法,以及误解主要由偷听
引起这一事实,更接近班戴洛。侍女角色不如阿里奥斯托故事
里的侍女那么重要,里纳尔多和弗里扎多(Frizaldo)之间并无两
个意大利故事源头里都存在的友情。"

类似故事有多个戏剧版本,虽没一个特别接近《无事生非》,
但这表明班戴洛类型的故事广受欢迎。亚伯拉罕·弗劳恩斯
(Abraham Fraunce)在其"剑桥拉丁"戏《维多利亚》(*Victoria*)、安
东尼·芒迪(Anthony Munday)在其《费德莱与福图尼奥》(*Fedele
and Fortunio*,1585)中,对路易吉·帕斯夸里戈(Luigi Pasqualigo)
的喜剧《费德莱》(*Il Fedele*,1579)进行了模仿。德拉·波塔(Del-
la Porta)的喜剧《情敌两兄弟》(*Gli Duoi Fratelli Rivali*)与班戴洛
颇为相似,但剧中情敌是两兄弟,且欺骗手法不同。该剧手稿一
直保存到 1911 年。雅各布·埃尔(Jacob Ayrer)的剧作《美丽的
芬妮希娅》(*Die Schoene Phaenicia*)或与《无事生非》同期写于纽
伦堡,它取材自贝尔福莱的故事版本,比莎剧更接近本源。两者
没有直接关联,也无一与北尼德兰诗人扬·扬茨·斯塔特(Jan

Jansz Starter, 1593—1626)所写荷兰语剧作《卡尔登的提姆布莱》(*Timbre de Cardone*, 1618)密切对应,后者似由贝尔福莱独立取材。1575 年元旦,"莱斯特伯爵仆人剧团"(Earl of Leicester's Men)上演《帕内西亚的问题》(*Matter of Panecia*),不过,无其他痕迹留存于世,但早有人提出,埃尔的"芬妮希娅"(Phaenicia)源出于班戴洛的"菲妮希娅"(Fenecia),仅字母拼写不同而已。这部戏根据班戴洛的故事改编。1583 年 2 月 12 日,理查德·马卡斯特(Richard Mulcaster)领导下的泰勒商学院(Merchant Tay-lors' School)的男孩们在宫廷演出《阿里奥丹特与吉娜芙拉》,该剧与阿里奥斯托的关联更明显。或许,该剧取材于彼得·贝弗利那首诗,不过,该剧已失传。这些材料强有力地表明,多方取材,随性借鉴("袭取"),至少在莎士比亚时代,仍是诗人、剧作家的一个主要创作路径。

5. 本源故事与《无事生非》之异同

显然,《无事生非》中"克劳迪奥—希罗"剧情使用了与阿里奥斯托诗歌和班戴洛小说关联密切的段落、情节,这些故事广为人知,模仿者众多。莎士比亚偏离了这些素材来源和此类来源的固有模式,变化皆趋于一个方向,即这对恋人的社会地位、行动能力均有所下降,两人的地位差距缩小。在阿里奥斯托的故事中,吉娜芙拉是国王之女,阿里奥丹特在苏格兰宫廷中的声望归功于国王宠爱,但显然不如吉娜芙拉。在班戴洛的故事中,情形相反,提姆布里奥爵士向梅塞尔·里奥那托之女求婚算一种屈尊。先看阿里奥斯托笔下这对恋人,一旦彼此相爱,吉娜芙拉便置波利纳索的求婚和戴琳达的劝阻于不顾,坚定异常。再看班戴洛笔下的菲妮希娅，意识到提姆布里奥爱上她，则开始望着他，小心地向他鞠躬。在莎士比亚笔下，克劳迪奥对希罗只字不提，却让亲王替他求爱。在克劳迪奥真正出现在希罗面前之前，希罗未表达过自己的感情——而在同一场戏的稍早之时，她和家人正兴奋地期待着唐·佩德罗的求婚。菲妮希娅的父亲并不富有，故而婚后，由国王为她提供嫁妆。克劳迪奥从一开始便担心希罗的期待："殿下，里奥那托膝下可有儿子？"在两个原型故事中，这桩婚事的对手是地位相当（吉伦多）、甚或更有权力（波利纳索）的情敌。在《无事生非》中，对手则是一个耍毒计的小恶棍。阿里奥斯托在他的故事中，让奥本尼公爵的一个随从替代公爵本人，成为玛格丽特夫人女仆的恋人，玛格丽特的生命未受到任何威胁，事情败露既非来自有侠义之勇的雷纳尔多，亦非来自极度悲伤的吉伦多的忏悔，而来自波拉齐奥的醉酒吹嘘，尽管道格贝里把事情搞砸了。同样值得注意的是，由弗朗西斯修道士所提计划产生的影响并未发生。——"当听说她因他几句话死去，对她鲜活的记忆，势必甜美地爬进他想象的反思，她迷人的五官，将身穿更珍贵的衣装出现，爬进他的眼睛和灵魂的视野，比她活生生在世之时，更动人、更精美、更充满活力。那他势必悼念，——假如他肝脏里宣称过爱情，——希望不曾那样指控过她，不，哪怕认定指控属实。"

第五幕第一场，克劳迪奥冷漠地开着玩笑，没表现出对所谓希罗之死有悔意，哪怕轻微的遗憾。再看吉伦多和提姆布里奥，他们闻听菲妮希娅的死讯后深感痛心，这种悔恨导致忏悔——

吉伦多先向提姆布里奥、随后两人一同向里奥那托忏悔——和宽恕。阿里奥斯托笔下的阿里奥丹特如此深爱吉娜芙拉——尽管他认为指控属实,——以至于为捍卫吉娜芙拉的生命和荣誉,准备与亲兄弟决一死战。在莎士比亚笔下,一方面,弗朗西斯修士也许读过太多意大利小说。另一方面,凭他的判断,似乎爱情从未对克劳迪奥的肝脏有过兴趣,意即克劳迪奥从未动过真情。

马什雷指出,莎剧对同源故事中人物的态度有种系统性削弱。浪漫迷恋和强烈嫉妒均能在不成熟的人身上找见:强调克劳迪奥年轻,虽未提及希罗的年龄(菲妮希娅 16 岁),但从本尼迪克言及"里奥那托的矮个女儿。")可知希罗身材矮小,由唐·约翰所说"一只早熟的三月孵出的雏鸡,"可知她一定青春年少。吉娜芙拉公主则显出成熟,两个故事中的骑士都是有实战经验的军人。在克劳迪奥的权力和地位被从本源上削弱的同时,他的反应更令人反感。提姆布里奥派人私下向里奥那托指控吉娜芙拉不贞;卢尔卡尼奥为保护哥哥的名誉对吉娜芙拉提出指控,其本质是向所有来者发出挑战,他要用生命去捍卫。在莎剧中,克劳迪奥以最公开、最具轰动效应的方式拒绝了希罗,没人出来维护希罗的名誉,直到本尼迪克向他提出挑战:除了两位老人和表妹比阿特丽斯,希罗没有任何亲戚,甚至连支持菲妮希娅的母亲和姐姐也被莎士比亚夺了去。鉴于这种对公认的类比趋向的系统性偏离,克劳迪奥似乎不太可能是一个特别令人钦佩或同情的人物。

梁实秋在其所写的《无事生非·译》序中,对莎士比亚如何成功改造旧的本源故事信手拈来为其所用,做出评述:"莎士比亚善于改编旧的故事，以点石成金的手段使粗糙的情节成为动人的戏剧。《无事生非》是最好的一个例证。我们可以先看看他的经济的手法。原来的故事背景是从墨西拿到乡下，再从乡下回到城里，在时间上拖到一年半以上，在情节上把不需要的'西西里万祷'大屠杀事件也描述在内。这一切在莎士比亚手里都得到修正。背景都集中在墨西拿的几个地点：时间紧缩到九天，而其中四天是空着的，五个不同的背景和五天的工夫就够了。在情节上把唐·佩德罗刚刚结束的战事改为对唐·约翰的叛变的讨伐，这样既可造成凯旋后的欢乐的气氛，又可使那被宥的叛徒在戏里成为一个可理解的无事生非的小人。在剧中人物里有一个重要删除，那便是里奥那托之妻，即希罗的母亲。四开本和对折本在第一幕第一景和第二幕第一景的'舞台提示'中都列入了她，且在前一场合还写出她的名字叫伊摩琴（Imogen），可她没有台词，且以后也不再上台，显然是莎士比亚认为这是不必需的角色，终予以删除。有人指陈在莎士比亚的戏里很少有母女关系的描述，描述得比较深刻的是父女关系，很少有女主角是母亲的。

"原来的故事的顶点是午夜幽会那一景。莎士比亚认为这一景难得很好的舞台效果，于是不在台上演出，改为口头描述，并且把教堂当众拒婚一场大肆渲染，成为全剧的高潮，其紧张可以媲美《威尼斯商人》中之法庭审判一景。这一景放在第四幕，以后便是照例的喜剧的收场了。"①

① 梁实秋：《无事生非·序》，《莎士比亚全集》（第二集），中国广播电视出版社1995年，第9—10页。

6.莎士比亚的发明:"比阿特丽斯与本尼迪克"的故事

众所周知,莎评界对该剧的兴趣集中在比阿特丽斯和本尼迪克身上(除了怀疑克劳迪奥是否是个无赖),这也是两个能使男女演员成名的角色。他们的故事无明显来源:这似乎是莎士比亚的独创——如同《驯悍记》中的"彼特鲁乔与凯瑟琳"的剧情偏离传统"悍妇"故事的暴虐性一样。它在许多方面与"克劳迪奥-希罗"剧情形成强烈对比。这并非一种传统(或原型)故事。比阿特丽斯和本尼迪克,凭其戏谑的玩笑、比阿特丽斯对才智和性别平等的假设,以及他们对传统恋人的态度,还有语言的不信任,向来被视为王政复辟时期喜剧中"诙谐夫妇"的先驱。同时,他们在剧情中表现出的真挚、强烈的感情,显露出其他角色的肤浅。希罗遭恋人拒绝,几无任何抗议——证据无论多么有说服力,这位恋人都自知它由情敌提供。她父亲仅凭传闻拒不相认,立刻落入反女权主义的陈词滥调。出面辩护的是她表姐,且以最简单、最明显的理由为她辩护:比阿特丽斯"深知"希罗,故此深知指控荒谬。弗朗西斯修士替她辩护,乃因他从她受指控时的反应判定她是无辜的,没有罪。本尼迪克对希罗立刻表示关心,成为她的拥护者,因为从根本上说,他深信比阿特丽斯的判断。由这些事再次回顾故事本源。菲妮希娅的家人都不相信提姆布里奥爵士的指控;尽管阿里奥丹特认为吉娜芙拉有罪,仍准备为捍卫她的名誉而战。

尽管比阿特丽斯与本尼迪克的双重骗局剧情并无具体来源,却可从中找到暗示、相似之处及所做预期。莎士比亚本人在《驯悍记》中,对这对斗智的诙谐恋人在喧闹层面上做出预期,在

《爱的徒劳》中做出更为优雅的预期——尤其体现在俾隆和罗莎琳这对恋人身上。在诗人、剧作家约翰·黎利(John Lyly, 1554—1606)的喜剧作品中,也有明快、优雅的散文和同样般配的恋人。事实上,意大利文艺复兴时期外交家、作家巴尔达萨雷·卡斯蒂廖内(Baldesar Castiglione, 1478—1529)的《廷臣论》(*Il Cortegiano*)可作为宫廷对话的典范,书里的睿智、戏谑可在一场愉快风趣的两性战争中留存。该书1561年出版英译本。杰弗里·布洛引述书中一段话对此加以扩展,这段话虽未提供情节,却表明人们可能会因听到对方自信地说彼此相爱而爱上对方。

布洛在其《莎士比亚的叙事与戏剧本源》中指出:"我见过一个女人,对一个起初似乎毫无感情的人,只因她听说,许多人认为,他们相爱了,便在心底涌起最狂热的爱。我相信原因在于,如此普遍的一个判断似乎足以证明,他值得她爱。似乎在某种程度上,那份代表恋人名义的报告,比他自己用书信或言语,或其他任何人为他所做的什么,更真实,更值得信赖;因此,有时这种共同的声音不仅不会伤害人,反而更能达成目的。"

芭芭拉·莱瓦尔斯基(Barbara Lewalski)在她的编注版《无事生非》中强烈认为,"本剧明显受到新柏拉图爱情哲学的影响,该哲学一个经典来源即《廷臣论》第四卷中贝姆博(Bembo)的论述",且本剧"主题中心"——"恰如贝姆博所述——乃各种爱或渴望与认知方式的关系。"马什雷由此总结道:"不过,这里的相似处比克劳迪奥-希罗剧情的相似处多得多,倘若在创作中有意识地记住这些相似处,那它们所能提供的,不过有待发展的提示而已。在双重剧情里,一个预期善意的谎言与恶意的谎言相互作用,将这对诙谐的恋人引向更全面的认知状态,这个构思是对遭毁谤和获救赎的好女人这种老套主题,优雅而有效的变化,同时也对此类故事中隐含的价值观进行了激烈批评。莎士比亚的真正创意不在发明了'比阿特丽斯与本尼迪克'剧情,而在借用班戴洛和阿里奥斯托的故事评论这个故事的方式。"

事实上,正是基于此点,梁实秋指出:"就故事论,剧中主要人物当然是希罗与克劳迪奥,其悲欢离合构成全剧的骨干。但是单就人物而论,则此剧中人物之能最引入入胜者不是希罗与克劳迪奥,而是比阿特丽斯与本尼迪克。这两个角色是莎士比亚的创造。一个是出身高贵的亭亭玉立的少女,有灵活的头脑与敏捷的口才,但是她太高傲不肯向人低头,尤其是不肯屈服在一个男人的手里;另一是出身高贵的勇敢善战的男士,有灵活的头脑与敏捷的口才,但是他太高傲不肯在人面前服输,尤其是不肯在一个女人面前服输。一个因此而不肯嫁,一个因此而不愿娶。两个人都是在怕,怕的不是对方,怕的是自己,怕自己一时情不自禁而宣告投降。这两个内心善良而舌锋似剑的年轻人,遇在一起便各逞机锋互相讥诮了。这口舌之争,有时很精彩,有时很庸俗,胜利属于女的一方时居多。这种舌战也是莎士比亚当时观众所欣赏的,所谓高雅喜剧(high comedy)者是。如果这出戏里抽出了比阿特丽斯与本尼迪克,那将是不可想象的事。他们的谈话的主题是婚姻,其中有些俏皮话在今日看来已失去不少的辛辣,但是仍不失为莎士比亚最好的'喜剧的散文'。"①

---

① 梁实秋:《无事生非·序》,《莎士比亚全集》(第二集),中国广播电视出版社1995年,第10—11页。

三、一部欢笑的"假面喜剧"

1.克劳迪奥与希罗:一个陈腐老套的喜剧故事

莎士比亚写《无事生非》,当然不是为了简单复制一版陈腐老套的意大利式喜剧故事,他最擅长拿旧瓶装新酒,借旧架盖新房。简言之,他以克劳迪奥与希罗恋爱的老套故事为主剧情,尤以克劳迪奥为一号男主角,主要用他关联起其他次要剧情和次主要人物。可以说,他是起承转合剧情脉络的纽带,尽管比起他与希罗的故事,本尼迪克与比阿特丽斯的恋爱显得喧宾夺主,特别是对比阿特丽斯的刻画远比希罗出彩。

哈罗德·布鲁姆在其莎士比亚研究名著《莎士比亚:人类的发明》中专章论及《无事生非》时,以专节对比阿特丽斯及相关剧情做出简要分析。本尼迪克的朋友、年轻贵族克劳迪奥把热情的目光投向比阿特丽斯的堂妹、年轻漂亮的希罗,声言:"我爱她,我觉得是。"这种感觉引出合理疑问:她是否是父亲的唯一继承人? 在这一关键问题上,克劳迪奥向他的长官、阿拉贡亲王唐·佩德罗求助,后者答应代他求爱。真爱若这样得到满足,后续便无戏可看,但幸运的是,唐·佩德罗的同父异母私生子弟弟唐·约翰出场,告诉我们"万难否认,我是个坦率的坏蛋",他发誓要搅乱克劳迪奥和希罗的婚事。①剧情及戏剧冲突正是从第一幕第一场克劳迪奥向唐·佩德罗坦承对希罗心生爱慕的开启和推演。

---

① 参见 Harold Bloom, *Shakespeare: The Invention of the Human*, The Berkley Publishing Group, p.194。

英国当代莎学家乔纳森·贝特(Jonathan Bate)在为其编注"皇家莎士比亚剧团版"《莎士比亚全集》(简称"皇莎版")所写《无事生非·导论》中指出:"剧名含多重暗示,原指在希罗本'无事'(nothing)出错之上生出'好多是非'(much ado)。因女性两腿间缺男性之'物'(thing),莎士比亚常把'无'(nothing)当成'女阴'(no thing, i.e. vagina)的委婉用语,故此含有第二种下流感。旧时'Nothing'(无事)读音为'noting'(与乐音;注意谐音双关),又提供出进一步丰富含义:该剧在观望和偷听的意义上充满了'注意'(noting),无论刻意安排本尼迪克和比阿特丽斯偷听自己极感兴趣的对话的著名场景,还是让克劳迪奥'见证'(witness)未婚妻不贞的计划,皆如此。"①

剧名之外,剧中女主人公取名"希罗(Hero)"更耐人寻味。无疑,该名取自古希腊神话中"希罗与利安德"(Hero and Leander)的故事:住在赫勒斯滂(Hellespont)(达达尼尔)海峡欧洲一端的阿芙洛狄特神庙女祭司希罗(Hero),与对岸小亚细亚古城阿拜多斯(Abydos)青年利安德(Leander)相恋。每夜,利安德游过海峡与恋人幽会,希罗立于高塔以火炬引航。一个风雨之夜,火炬熄灭,利安德迷航,溺水身亡。次日晨,希罗见岸边漂浮的恋人尸首,跳塔殉情。显然,莎士比亚以"希罗"作忠贞之喻。然而,具有反讽意味的是,若说此希罗近乎彼"希罗",这个克劳迪奥却远非那个"利安德"。第四幕第一场教堂婚礼克劳迪奥公开羞辱希罗那场大戏,便是充分明证。

---

① 参见 *The Two Gentlemen of Verona*·Introduction, Jonathan Bate & Eric Rasmussen 编,外语教学与研究出版社,2008年,第256页。

克劳迪奥认定"希罗这名字能弄脏希罗的美德",此时此刻,他宁愿相信从唐·约翰嘴里听来的传言,却丝毫不信任即将成为自己妻子的新娘。要知道,曾几何时,在他眼里,希罗是拿全世界换不来的"一颗宝石","是我见过的最甜美的姑娘"。"虽说我曾发过反誓,可假如希罗愿做我妻子,我几乎信不过自己。"正是基于此,他向亲王明确:"我爱她,我觉得是。……一切提醒我,年轻的希罗多美丽,/ 等于说,参战前,我已对她上心。"当然,他还不忘为自己腼腆的绅士风度贴金:"我从未用过大的字眼儿引诱过她,只是,像哥哥对妹妹那样,表现出含羞的真情和适度的爱恋。"

然而,过往的一切是如此脆弱,不堪一击,他开始仅凭波拉齐奥所说希罗在窗口与男人会面的情形,即"当着全体会众的面羞辱希罗,不跟她结婚(巡夜人甲语)"。——他向会众直言:"她的贞洁仅是招幌和表象。——看她在这儿红了脸,多像处女!啊,狡猾的罪恶,能用怎样忠实的自信和表现隐藏自己!那血色不是贞洁的证据,要为单纯的美德作证?凭这些外在展现,凡见了她的,你们谁能不发誓,她是个处女?但她绝不是。她尝过贪淫床上的情热。她脸红,是自觉有罪,并非出于贞洁。"他痛斥希罗:"您真可耻,善行徒有其表!我要写文痛斥。对于我,您好比星球上的狄安娜,像未绽开的花蕾一样纯洁。但您的肉身比维纳斯更放纵,野蛮的性欲也比那些饱餐的兽类更狂暴。"他诅咒希罗:"若把你外在美德的一半,放在内心的思想和秘密之上,你将是怎样一个希罗!但再见吧,你这最脏、最美的人!再见,你这纯洁的罪恶,罪恶的纯洁!因为你,我要锁死一切爱情之门,眼皮上要挂起猜疑,把一切美丽变成有害的思想,永不再美丽动人。"

克劳迪奥连珠炮似的羞辱,比希罗在剧中说的全部台词都多。这是莎士比亚刻意为之吗？不得而知。但这一点,从希罗在全剧中所占戏份来看,是明摆着的。希罗在全剧说的第一句台词是"姐姐问的是帕多瓦的本尼迪克先生"。当时,比阿特丽斯向信使打听"'仰剑一刺先生'可从战场归来"。第一幕共三场戏,希罗只有这一句台词。另有一处经由克劳迪奥之口,仅在"假如希罗愿做我妻子"这句话里提到她的名字。尽管希罗在整个第一幕几无戏份,但她与克劳迪奥间的关系同比阿特丽斯与本尼迪克形成强烈反差。简言之,誓言过单身日子的本尼迪克在全剧一开场,即已与比阿特丽斯互生情愫;同样发誓不结婚、不给任何女人当丈夫的克劳迪奥,则只是单向爱上希罗,希罗本人并不知情。

在整个第二幕,希罗总共没说几句有实质内容的像样台词,但剧情有了实质进展,通过一场假面舞会,唐·佩德罗亲王替克劳迪奥向她求爱——"我知道,今晚我们有欢宴:/我要乔装一番,假扮成你,/告诉美丽的希罗我是克劳迪奥;/在她胸窝里敞开我的心扉,/用武力、用我多情故事的猛烈/进攻,把她的听觉变成战俘。/那之后,我要向她父亲说破,/结论是,她将归你。"然而,有意思的是,面对爱情,尽管亲王说得如此明确,克劳迪奥却非绝对信任他,甚至短暂误解"亲王为他(自己)求婚"。

第三幕一开场,希罗的戏猛然多起来,她成了亲王、父亲里奥那托和未婚夫克劳迪奥的同谋,通过故意让比阿特丽斯听到她和侍女厄休拉在凉亭的谈话,以使比阿特丽斯相信本尼迪克为她相思成病。在全剧中,希罗只在第三幕第一场戏里是当仁不让的主角,其他地方仅像个影子和符号一样存在。在接下来的同幕第四场,剧情主要由两位侍女玛格丽特和厄休拉帮希罗准备婚礼的时尚裙服和头饰,就台词占比来说,玛格丽特的台词远比她多得多。

第四幕第一场教堂婚礼堪称重头戏,见多识广的修道士从希罗面对克劳迪奥羞辱的反应,断定她受了冤枉,问:"小姐,您遭了谁的指控?"这时,希罗才说出这场戏里最长的一句台词:"指控我的人知道。我一概不知。倘若我对世上哪个男人的了解超过对处女贞洁所许可的,让我一切罪孽不得宽恕!——啊,父亲,如果您能证实,我在不当之时,和哪个男人交谈过,或昨晚和哪个生灵交流过半个字,就摒弃我,痛恨我,把我折磨死!"但可惜,这种自我辩白十分无力。不仅如此,在这一刻,平日里唇舌最利、活泼爽快、无时不与本尼迪克拌嘴斗智的比阿特丽斯哑了火,只剩下无奈地悲声哭泣,倒是在最后,哭声中爱的强大力量驱使本尼迪克答应去找克劳迪奥决斗。唯一的解释是,莎士比亚刻意如此,以便让弗朗西斯修道士成为第四幕最光彩照人的角色。否则,后续无以为继,因为后面的剧情——让希罗"藏在家里躲段时间,正式宣告她的确切死讯。对外保持一种哀悼仪式的样子。在你们古老的家族墓穴上挂起悼亡诗文,与葬礼有关的一切仪式都要办"。对希罗鲜活的记忆,势必甜美地爬进克劳迪奥想象的反思。"成功将以更好的形状塑造结果,超过我推测中所能做的构想",——这一切都是修道士预先的设计。诚然,此处还有一个深层原因,即希罗与克劳迪奥的婚事是里奥那托总督的家事,比阿特丽斯作为里奥那托的侄女,不能插嘴;本尼迪克作为外人,更不便干涉。不过,作为朋友,本尼迪克尽了责任:"里奥那托先生,让修道士劝服您。尽管您知道我与亲王和克劳迪奥,私交、友情甚厚,但,以我的名誉起誓,我要秘密、公正地对待此事,如同您的灵魂之于您的躯体。"好在里奥那托接受了修道士的建议,这说明挚爱女儿的里奥那托是一位稍一冷静便丝毫不糊涂的父亲。

　　果真,接下来第五幕第一场,克劳迪奥在听波拉齐奥交待罪行时,"像喝了毒药",瞬间感到"亲爱的希罗! 此时你的形象,以我初恋时的罕有外貌呈现"。当里奥那托提出请他做自己的"侄女婿",他当即表示"从今往后,可怜的克劳迪奥随您安排"。然后,去教堂墓地,给希罗献上悼亡诗:"希罗在这里长眠,/ 诽谤的舌头害她死命:/ 死神,为回报她的冤屈,/ 赐予她不死的美名。/ 于是,蒙羞而死的生命,/ 伴着荣耀之名,活在死亡里。"最后,二度迎娶希罗。剧情来到第四场,戴着面具的希罗再次露面,整场仅三句台词。克劳迪奥以为她是里奥那托的侄女,按事先的约定向她求婚:"在这神圣的修道士面前,您把手伸给我。您若喜欢我,我就做您丈夫。"希罗回应:"我在世时,我是您的另一个妻子。(揭开面具。)您相爱时,您是我另一个丈夫。"克劳迪奥惊呼"又一个希罗!"希罗随即强调自己处女的忠贞:"半毫不差。一个希罗蒙羞死去。但我活着,确确实实,我是个处女。"希罗在整个第五幕的第三句,也是全剧最后一句台词,是为比阿特丽斯深爱本尼迪克作证:"这儿也有一首诗,姐姐亲笔所写,我从她兜里偷了来,(出示另一纸。)诗里饱含对本尼迪克的爱恋。"

英国莎学家穆里尔·克拉拉·布拉德布鲁克(Muriel Clara Bradbrook,1909—1993)在其《莎士比亚与伊丽莎白时代的诗人》(*Shakespeare and Elizabethan Poetry*,1951)一书中指出:"如果《罗密欧与朱丽叶》是一出以喜剧作补充的悲剧,《威尼斯商人》则是一出融有悲剧的悲悯与恐惧的喜剧,那《无事生非》则是一出假面喜剧,其更深刻的问题让欢笑给遮盖了,只是在全剧的高潮处即教堂一场才显现出来。由于这种原因,像唐·约翰这样一个十分死板的坏人,才成为剧中必不可少的人物。像夏洛克、埃德蒙或理查三世这样名副其实的坏人,是会毁掉这出喜剧的:不认为唐·约翰是个无能的人实应细想一下,若他不是剧中那个样子,整出戏的编排会有怎样的情形。女仆打扮成女主人样子的陈腐老套,虽是几百年来欧洲小说常用的技巧之一,但在剧中却是为达到特别目的才加以使用。这并不是如现代读者往往认为的那么不可信:格拉西安诺和尼莉莎(《威尼斯商人》)的故事应使我们记得,富家女仆确有可能模仿她们的女主人,而在窗口与男人谈话的情形,却早在莎士比亚以前的作品里便出现过,且即使是情形最严重的,也不会引起任何道德上的非难。仅因为这种情形发生在希罗举行婚礼前夕,它才染上了不贞和轻佻的颜色。然后,这种程式,是以直接的传统方式加以使用的;当克劳迪奥提出指责时,玛格丽特并不加以干预,而且克劳迪奥也不扑向介入者,并像《族徽上的污点》①(*A Blot in the Scutcheon*)的

---

① 英国诗人、剧作家罗伯特·勃朗特(Robert Browning,1812—1889)写于1842年的爱情悲剧,讲述一对男女间的爱情导致贵族之家名誉受损,这"族徽上的污点"须用鲜血洗刷。该剧于1843年上演。

主人公那样把对方刺死；这两种情形都是显而易见、自然和有可能的，但他们却不适于去这样做。"①

　　的确，单从塑造人物来看，唐·约翰必不能是埃德蒙(《李尔王》)、理查三世(《理查三世》)那样绝顶聪明的坏蛋，而克劳迪奥又非得是貌似有点儿缺心眼儿的傻伯爵，若不如此，莎士比亚便没有理由塑造弗朗西斯那样的修道士。从某种程度上可以说，这部"假面喜剧"恰因有了修道士，才有了戏剧的人性深度，同时，使不同角色的人物性格更凸显出来。

　　故此，美国学者托马斯·马克·巴罗特(Thomas Marc Parrott，1866—1960)在《莎士比亚的喜剧》(Shakespearean Comedy，1949)一书中指出："《无事生非》是一出剧情源自性格的戏，充满生动活泼又逗人发笑的对白。实际上，此剧大部分笑料均出自台词；常有这样的情形，剧情虽然止住，我们却还在听一连串起伏不定的对白。戏文可很容易分成诗歌和散文两种，但这种划分虽易，却并不均等，因为约有四分之三戏文为散文，这在莎士比亚喜剧里是一种新现象。莎士比亚笔下的村夫粗汉及小丑式的仆人，说话用的是散文，像茂丘西奥(《罗密欧与朱丽叶》)那样的快活绅士，却可以用诗歌说话，然后变成散文，接着又变成诗歌。然而在此剧中，无论男女绅士，大部分对白却第一次用散文表达。这种情形看来是，莎士比亚此时认为，对于比较轻松和不那么浪漫的喜剧，散文是合适的工具。这种看法可能在他心里扎了根，因为他创造的最伟大的喜剧人物福斯塔夫难得念出一

---

① 张泗洋主编：《莎士比亚大辞典》，商务印书馆，2009年，第706—707页。

句诗。下面的事实看来也证实了这种猜测:亨利(五世)王向法国公主求婚,这在英国戏剧里也许是最不浪漫的,说话用的全是散文。这一场显然是想用结束时的喜剧情调来调和一出吵吵闹闹的戏,而且《亨利五世》与《无事生非》在同一年里写就。"①

由此,便极易理解法国文学批评家乔治·斯坦纳(George Steiner,1929—2020)在其《悲剧的死亡》(*The Death of Tragedy*,1961)中所做的类似论述:"对照的功用在《无事生非》中被美妙地加以表现。几乎整出戏都用散文写成。不多的诗节只是一种加快剧情发展的媒介。随着此剧的出现,英语散文在才子才女喜剧里确立起牢固地位。康格里夫、奥斯卡·王尔德和萧伯纳,均在莎士比亚之后,表现过有似比阿特丽斯和本尼迪克一类的人物。诗歌会有害于他俩爱情中的那种严肃而心直口快的特色。他俩互相爱悦,但只是半露半隐,所迷恋的既不是肉体,也完全不是情感,而是为互相的诙谐所着迷。他们欢快的唇枪舌剑表明了才智是如何给散文增添上真正的音乐性。但最后一幕出现的诗歌,给人留下难忘印象。其景象是希罗的假坟,克劳迪奥、唐·佩德罗及乐师前来祭奠。他们唱起悼亡的抒情挽诗'主司黑夜的女神,宽恕,/那些杀死你童贞仰慕者的人'。然后亲王转身对乐师们说道:'早安,各位,将火把熄灭。/狼群捕获到猎物。瞧,白昼的微光/在福玻斯的车轮巡行之前,/给惺忪的东方染上昏暗的光斑。'这些诗句产生了一种止痛性的魔力,把剧情中奸谋的邪恶欺负一扫而光。在此诗歌的影响下,全剧转入

---

① 张泗洋主编:《莎士比亚大辞典》,商务印书馆,2009年,第706页。

一种更为光明的情调之中。我们知道,阴谋的揭发已迫在眉睫,而事情的结局将是皆大欢喜。此外,这种对早晨的礼赞,对比阿特丽斯和本尼迪克来说则是温和的指责。唐·佩德罗召唤来了富于牧歌式且富有神话性的世界秩序。已不带一点儿恋人们的散文那种世故味,而是比较富于永恒性了。"①

至此,便更易理解乔纳森·贝特在"导论"中所强调的:"伪装是与剧情密切相关的一个主题——唐·佩德罗代表克劳迪奥,并假扮克劳迪奥向希罗求爱。这个计划被富于心计的波拉齐奥偷听了去。在每一处值得注意的叙述中,一种想象的细节——树枝交错的花园小径、悬着挂毯的有了霉味儿的房子——都营造出一种空间感,仿佛莎士比亚在为光秃秃的舞台写作。这部剧作,散体与诗体之比超过二比一,与此相适,该剧在肌理上提供更多的是现实主义,不是浪漫主义:与我们在其他喜剧中发现的爱情诗(有时是拙劣的夸张)不同,这里的重点则不那么夸张,更多的为心有所感之事,如新娘对婚纱的确切款式和剪裁的欢心。

"尽管唐·佩德罗促成克劳迪奥对希罗的渴望,令他着迷的却是比阿特丽斯。当他提出也为她提亲,给她找个丈夫时,有那么一刻,他是半认真地在向她求婚。这段对话是莎士比亚喜剧中最可爱的时刻之一。比阿特丽斯以一对恋人找到爱情的话题结束这次邂逅;她在剧情中的欢愉,掩盖了唐·佩德罗自己留存到剧终时的那种深深孤独。"②以下是这整段"莎士比亚喜剧中

---

① 张泗洋主编:《莎士比亚大辞典》,商务印书馆,2009年,第707页。

② 参见 *The Two Gentlemen of Verona·Introduction*,Jonathan Bate & Eric Rasmussen 编,外语教学与研究出版社,2008年,第256页。

最可爱的时刻之一"的对白:

比阿特丽斯	仁慈的主,感谢联姻! ——世上除了我,人人成了亲。我晒得很黑。只好坐在角落里,喊一声"嘿嚸,给我找个丈夫!"
唐·佩德罗	比阿特丽斯小姐,我给您找一个。
比阿特丽斯	我情愿找您父亲所生的一个。殿下没有像自己一样的兄弟吗?您父亲生出极好的丈夫,——如果姑娘到他手。
唐·佩德罗	您愿意要我吗,小姐?
比阿特丽斯	不,殿下,除非我另有一个,每天用来干活。殿下太值钱,不能每天穿。但我恳求殿下原谅。我生来开口皆玩笑,没正经的。
唐·佩德罗	您沉默最叫我难受,开心的样子最适于您。因为,毫无疑问,您生在一个快乐时辰。
比阿特丽斯	肯定,不,殿下,阵痛中我妈妈哭了。但当时有颗星在跳舞,在那星光下,我出生了。——妹妹、妹夫,愿上帝赐你们快乐!
里奥那托	侄女,我跟您提过的事,去照看一下?
比阿特丽斯	请您原谅,叔叔。——(向唐·佩德罗。)请殿下原谅,失陪。(下。)
唐·佩德罗	以我的信仰起誓,是位活泼、讨人喜欢的小姐。

　　由此,可以谈及剧中最令人疑惑的两个问题:这位"召唤来了富于牧歌式且富有神话性的世界秩序"的亲王,对比阿特丽斯是怎样一种情感? 这位"富于牧歌式"的亲王,岂能那么容易受骗上当?

　　对第一个问题,似乎好回答一些。克劳迪奥和本尼迪克在亲王征讨反叛的弟弟唐·约翰的战斗中,均立下战功。凯旋墨西拿之后,亲王先替克劳迪奥向希罗求婚成功,或反过来说,他帮希罗成功找到一个丈夫。随之,由以上对白不难发觉,他至少半认真地要毛遂自荐成为比阿特丽斯的丈夫。再由比阿特丽斯回应同样不难发觉,他半认真的求婚遭到聪慧过人的比阿特丽斯婉拒。在这之后,他才向克劳迪奥保证,在等待与希罗举行婚礼的一周间歇时间,"要着手做一项赫拉克勒斯的工作,那就是,带本尼迪克先生和比阿特丽斯小姐进入一座彼此情爱的高山。我愿配上这一对。我毫不怀疑能促成,只要你们三位按我的指点,从旁协助。"的确,后续剧情有了比阿特丽斯与本尼迪克"牧歌式"的恋情。

　　然而,也因此,第二个问题,便不大好回答。因为,实在难以想象,弟弟唐·约翰叛乱,亲王哥哥唐·佩德罗征讨,得胜而归。虽说兄弟和解,但这位兄长竟对弟弟如此反常的关切之事(构陷希罗),不仅丝毫不疑,反而绝对相信,而且,在教堂婚礼上,当里奥那托向他发出恳请"仁慈的亲王,您为什么不说话"时,他的回答是那样冷漠:"该说些什么? 着手让我亲爱的朋友与一个下贱妓女结亲,我蒙羞受辱。"

　　显然,从这里可看出,在角色塑造上,严格说来,墨西拿总督里奥那托比阿拉贡亲王唐·佩德罗更可信,更可爱。因为,毕竟前者最终选择信任修道士,选择维护女儿的名誉;后者却那么轻易选择信任邪恶的私生子弟弟。因何如此?莎士比亚没给出答案!

2.比阿特丽斯与本尼迪克:一对渴望婚姻的"虚无主义"恋人?

乔纳森·贝特在《无事生非·导论》中指出:"作为观众,我们更被剧中睿智的那对恋人吸引,而非(所谓)浪漫的那一对。既然等不来本尼迪克与比阿特丽斯成婚,不妨与克劳迪奥一起冲向它。只有在第二次阅读或观看时,我们才会停止担心他会成为希罗的那种丈夫。对于我们,重要的问题是,比阿特丽斯和本尼迪克多久才能停止互相侮辱,达成婚约。答案来自里奥那托,当时他说:'安静!我要堵你们的嘴!'——并迫使这对恋人接吻。我们知道,斗智将继续,但在剧终那一刻,我们想象所有的争吵都在那一吻和随后一段舞蹈中停止。从技巧从来讲,比阿特丽斯和本尼迪克的故事是莎士比亚从文艺复兴时期意大利的浪漫故事中引入的一个次要情节;戏剧化地看,他们抢尽风头,骗他们承认彼此相爱的善意密谋,是全剧最令人难忘的情节。'仰剑一刺先生'和'倨傲小姐'同时热烈而不情愿的结合,有助于我们忘掉克劳迪奥的缺陷。难怪国王查理一世在他所藏'莎士比亚第二对开本'中,在剧名下写明'比阿特丽斯和班纳迪克',到了十九世纪,(法国作曲家)埃克托尔·柏辽兹(Hector Berlioz,1803—1869)在创作歌剧《比阿特丽斯和本尼迪克》(*Béatrice et*

Bénédict)时,将另一对完全去掉。"①

可见,不论莎士比亚编剧之初如何设计剧情和人物,对于后世读者/观众来说,比阿特丽斯是剧中最出彩且令人难忘的女性角色,她与本尼迪克一见面即打嘴仗的"智斗戏",是最鲜活动人的恋爱场景。但在此先提出研读莎剧势必面临的版本问题,仅以上述所引那处细节为例,第五幕第四场终场前不久,本尼迪克和比阿特丽斯终于以斗嘴的方式承认彼此相爱,貌似不情愿地表示我愿娶、你愿嫁。贝特此处以"皇莎版"为据,里奥那托一边对两人说"安静! 我要堵你们的嘴!"一边强迫本尼迪克与比阿特丽斯亲吻。不过,在其他版本中,在此以"新牛津"和"新剑桥"两版本为例,这句台词——"安静! 我要堵您的嘴!(吻她。)"——均为本尼迪克对比阿特丽斯一人所说,而非里奥那托对其二人所说。

分析剧情,本尼迪克在说这句台词之前,先不肯服输地向比阿特丽斯慨叹,爱上她,纯属"奇事一桩! 这分明是我们的亲笔在迎战内心。——来,我要娶你。但,以这天光起誓,娶你出于怜惜"。比阿特丽斯像往常一样,不甘示弱,立刻回击:"我不愿拒绝您,但以这好天光起誓,我屈从了强大的说服力,部分出于要救您一命,因为听说您得了肺痨。"从舞台表演来看,本尼迪克应在比阿特丽斯话音似落未落的瞬间,以一吻堵其嘴,更合理,情感更浓烈。同时,莎士比亚在此或有一层暗示,即本尼迪克只有凭爱情之吻,堵住比阿特丽斯斗不完的嘴,才能开启幸福的婚

---

① 参见 *The Two Gentlemen of Verona·Introduction*,Jonathan Bate & Eric Rasmussen 编,外语教学与研究出版社,2008年,第256页。

姻生活。这其中富于欢庆色彩的喜剧性在于，在亲王眼里本尼迪克"向来是个蔑视美貌的顽固异教徒"。他口口声声说的是"一个女人受胎怀我，我感谢她。她把我养大，我同样给她最谦卑的谢意。但要在我额角吹响猎犬集合号，或在一条无形肩带上给我挂号角，愿所有女人宽恕我。因为我不愿随便怀疑谁，冤枉她们，那索性我自己做彻底，谁也不信。结论是，——为此，我能穿得更漂亮，——我要过单身汉的日子"。对此，比阿特丽斯岂能甘拜下风，当里奥那托向她提出"侄女，希望见到您哪天配上一个丈夫"时，她爽利地回答："那要等到上帝用泥土之外的材料①造出男人。一个女人要受一块硬泥巴掌控，能不伤悲？要把她一生的账算给一块任性的黏土？不，叔叔，我一个也不要。亚当的儿子们都是我的手足，真的，我认为与亲戚婚配是一宗罪。"

　　然而，哈罗德·布鲁姆并不这样认为，他在其莎士比亚研究名著《莎士比亚：人类的发明》中论及《无事生非》时，以专节对比阿特丽斯及其与本尼迪克的婚恋做了简要分析。关于两人间貌似终结了嘴仗、由此开启婚姻的这订婚之吻，他认为："《无事生非》中的比阿特丽斯，甚至接吻时也在抗议，不再说话。莎士比亚一定觉得，此情此景，比阿特丽斯已和观众融为一体。本尼迪克获准为自己'已婚男子'的新身份激烈辩护，一种以莎士比亚式建议模式达到高潮的辩护——结婚，等着被戴绿帽子。"布鲁姆援引本尼迪克剧终之前建议亲王赶紧结婚娶妻那句话——"听我的，先跳！因而，奏乐。——亲王，你神情严肃。娶个妻

---

　　① 材料(metal)：具"材料"(material)和"气质""秉性"(mettle)双重意涵。

子,娶个妻子!没哪根官杖比顶端配上犄角更令人尊敬。"——至少对本尼迪克的婚恋观,做出虚无主义解读:"无论亲王的官杖,还是可敬老人的拐杖,都没戴了绿帽子的角杖年份更老。本尼迪克的玩笑对我们来说有点儿低级趣味,但对于莎士比亚却是相当现实。或许这只是个暗示,像莎士比亚笔下大多数婚姻一样;比阿特丽斯与本尼迪克的结合未必是一处幸福的遮阴处。在这部喜剧中,这一点比以往任何时候,都不重要。莎士比亚笔下两位最聪慧、最具活力的虚无主义者,两人谁都不喜欢被激怒或打败,他们要一起抓住机会。"[①]

从整个剧情来看,严格讲,比阿特丽斯与本尼迪克的"智斗+拌嘴戏"只有两场。第一幕第一场开场不久,比阿特丽斯在全剧说的第一句台词是向里奥那托打听本尼迪克是否随阿拉贡亲王得胜归来:"请问您,'仰剑一刺先生'可从战场归来?"若无一丝情浓爱意,她何以那么惦记他?难道只为一见面就无休止地斗嘴?对于本尼迪克同样如此,他见到比阿特丽斯,招打呼的第一句话是:"怎么,我亲爱的'倨傲小姐'!您还活着?"接着,两人便打起剧中第一次嘴仗。

显然,比阿特丽斯的词锋"剑术"更胜一筹。第二次斗嘴发生在第二幕第一场的假面舞会上,比阿特丽斯没认出戴着面具的舞伴正是"他",一边跳舞,一边贬损本尼迪克:"哎呀,他是亲王的弄臣,一个极其无聊的傻瓜。唯一的天赋是捏造不可思议的丑闻。除了浪荡子,没人喜欢他,没人夸他有脑子,只夸他粗

---

① 参见 Harold Bloom, *Shakespeare: The Invention of the Human*, The Berkley Publishing Group, p.201。

俗,因为他既逗人开心,又惹人生气,因此,人们既笑他,又打他。我敢说,他就在戴面具人群里。"足见,本尼迪克吃了哑巴亏,完败。此后,本尼迪克向亲王抱怨:"啊,上帝! 殿下,我不爱这道菜! ——受不了这位'舌头小姐'。"本尼迪克下场,亲王招呼比阿特丽斯,告诉她"您失去了本尼迪克先生的心"。比阿特丽斯十分调皮地回应:"的确,殿下,他把它借给我一小会儿。我给了他利息,——双倍的心换他单个心。以圣母马利亚起誓,有一次,他掷骰子作弊赢过它,因此,殿下真可以说,我失去了它。"

布鲁姆分析认为:"两人都很清楚,他们在这里所说的抛弃无任何结果,因为他们都是伟大的虚无主义者。《无事生非》无疑是有史以来最亲和的虚无主义戏剧,剧名最为贴切。比阿特丽斯和本尼迪克是早于尼采的尼采主义者,也是早于康格里夫的康格里夫主义者。这对击剑爱好者间的每次交流,深渊的闪光,相互的智慧,与其说在抵御其他自我,不如说在抵御无意义。他们无事生非,因为他们知道,无只能生无,于是接着说起来。比阿特丽斯总是会赢,或者说,赢所能赢,因为她比本尼迪克更机智、更强大。在我们见到本尼迪克之前,比阿特丽斯已是获胜一方——'请问您,这一仗他连杀带吃弄死多少人? 先说杀了多少人? 因为我确实答应过,他杀的人,我全吃掉。(第一幕第一场)'"①

布鲁姆由此进一步解释:"'这一仗'似乎是形式化的小冲突,死了点普通士兵,绝无绅士或贵族死亡。表面上,我们身在

---

① Harold Bloom, *Shakespeare: The Invention of the Human*, The Berkley Publishing Group, p.193.

西西里,但每个人似乎都是地道的英国人,尤其可爱的比阿特丽斯。她与本尼迪克之间的小规模斗智,几与男人们的模拟战争一样形式化。斗志足够真实,《无事生非》中的爱情,却像战争一样浅薄。即便在《爱的徒劳》中,男女间的激情也不像该剧中这样轻淡,甚至对比阿特丽斯和本尼迪克之间潜在的关注也有模棱两可的因素。"①

这种"模棱两可的因素"在随后的剧情中得到证明,因为在此之后,两人再无针尖对麦芒般的打嘴仗。第二幕第三场,在里奥那托家花园,本尼迪克听到唐·佩德罗、里奥那托和克劳迪奥专为骗他特意设计的谈话,确认这不是恶作剧,而是比阿特丽斯在心底深爱着自己。第三幕第一场,同样在花园,比阿特丽斯从希罗和厄休拉为骗她而设的谈话,确定本尼迪克对她"深爱成病",愿以爱回报。第四幕第一场,教堂婚礼之后,两人间的谈话已不再是斗嘴,而是本尼迪克尽心在抚慰因希罗受到公开羞辱悲痛欲绝的比阿特丽斯。

本尼迪克	稍等,仁慈的比阿特丽斯。凭我这只手起誓,我爱你。
比阿特丽斯	为赢得我的爱,把手用到别的地方,不要用它发誓。
本尼迪克	您在灵魂里认定,克劳迪奥伯爵冤枉了希罗?

---

① Harold Bloom, *Shakespeare: The Invention of the Human*, The Berkley Publishing Group, p.193.

比阿特丽斯　　是的,我的这个想法和灵魂一样确定。

本尼迪克　　　够了,我誓言,我要向他挑战。我要吻您
　　　　　　　的手,吻完就走。(吻比阿特丽斯手。)

　　在此,本尼迪克已明白无误地直接向比阿特丽斯求爱。最
后,为表现真爱,他答应为受冤枉的希罗,向好友克劳迪奥挑战,
并深地吻了比阿特丽斯的手。

　　第五幕第二场,两人间的对话,可算作第三场嘴仗,但远不
是最初那种不留情面的指责式斗嘴,而明显改为恋人间你侬我
侬的深情拌嘴,从中可见款款温情。

　　无疑,这场嘴仗的胜者仍是比阿特丽斯。有趣而意味深长
的是,比阿特丽斯出手即为胜手,她先问本尼迪克何以对自己
"虐心相爱"。事实上,从一开始,比阿特丽斯对本尼迪克热切盼
归即能看出,她对他同样是"虐心相恋"。否则,她也不会在同幕
第四场,那么甜美地任由本尼迪克用一吻赢得她的爱。换言之,
在最后一次嘴仗中,本尼迪克以爱之吻扳回一局。这当然是莎
士比亚所有爱情喜剧的结局——终成眷属,皆大欢喜。

　　然而,透过布鲁姆的笔调不难发现,他仿佛对除了比阿特丽
斯之外的一切剧情均不满意,他强调"我们要看的是一部无谜可
解的喜剧,除了要准确测出比阿特丽斯和本尼迪克之间的确切
关系。莎士比亚精妙的艺术展示出他们自身几乎不知晓的东
西:彼此的智慧都渴望对方,却又信不过对方或婚姻"。他进而
分析,比阿特丽斯对婚姻早有极为清醒的现实主义认知,在唐·
佩德罗亲王代克劳迪奥向希罗求婚之前,她便对希罗说出一番

好似经历过婚恋的经验之谈:"若有人求婚不按节奏,妹妹,那问题出在音乐上。若亲王太急切,告诉他凡事皆有度,随后用舞步作答。因为,听我说,希罗——求婚,结婚,懊悔,好比一曲苏格兰吉格舞,一曲庄严慢步舞,一曲'五步舞'。刚求婚之时,热烈、急促,像一曲苏格兰吉格舞,充满想象;婚礼,客套、谦和,像一曲庄严慢步舞,充满庄严、古雅;'懊悔'随后而来,凭两条瘸腿,跳起五步舞,越跳越快,直到沉入坟墓。"

布鲁姆认为,渴望爱情而不得的比阿特丽斯,常处在苦涩的边缘。在与本尼迪克一起跳舞时,比阿特丽斯居然把本尼迪克伤得自言自语起来:"不过,我的比阿特丽斯小姐该认得我,没认出来! 亲王的弄臣! ——哈! 多半因我快乐,传开这个名号。——是的,但用这种方式,反倒冤枉了自己。我没落下这样的名声。是比阿特丽斯的下流想法、尖刻性情,把她本人的意见归给世人,来这样造我谣。哼,我要尽我所能复仇。"由此,布鲁姆认为"以己度人,即把个人意见变成普遍判断,是比阿特丽斯的最大缺点。本尼迪克大声说'她说话像短剑,字字扎人'。我们开始对她永远充满攻击性的奇妙欢乐感到惊讶。唐·佩德罗赞美她说:'您生在一个快乐时辰。'她的回答让观众着迷:'肯定,不,殿下,阵痛中我妈妈哭了。但当时有颗星在跳舞,在那星光下,我出生了。'对于一个'常梦见不开心的事,却总把自己笑醒'的女人,谁会是合适的丈夫呢?"

能感觉到,布鲁姆像本尼迪克那般深爱比阿特丽斯,判定:"莎士比亚在《无事生非》中将丰沛的生命力倾注在比阿特丽斯身上,在剧中堪称孤峰突起。观众会富于同情地感到,本尼迪克尽其所能跟上了她的脚步,……唐·约翰针对希罗幸福的阴谋是个可怜发明,这提醒我们,莎士比亚对剧情的兴趣常仅次于他的人物塑造能力和语言能力。比阿特丽斯和本尼迪克的朋友们为其所设的骗局,弥补由毁谤希罗造成的相对弱点,他们通过向这对不情愿的恋人保证对方迷恋自己,促成彼此真情。这造成本尼迪克抛弃了单身汉的荣光——'不,世界非得人来住。'"①

最后,该怎样回答这个问题:如何界定《无事生非》中的爱情? 布鲁姆认为,"首要答案在剧名里:爱情就是无事生非。是比阿特丽斯和本尼迪克对这一良性虚无主义的共识与接受,将二人结合,并将维系在一起"②。

3.道格贝里:一个异类的滑稽丑角儿

道格贝里是莎士比亚笔下丑角序列里的一个异类。梁实秋称其为"丑角中的一个杰出者",他与莎剧中所有滑稽角色最特殊的不同,在于他出口成误的频率之高、由语词错用造成的笑料之多、营造的喜剧效果之妙,堪称第一。莎士比亚没让这位几乎是文盲的地方治安官玩双关语、谐音梗之类似乎更显高级的语言游戏,而是让他老实本分、一本正经、没完没了地出错。细想一下,若莎士比亚没在戏里如此塑造道格贝里和他的搭档弗吉斯,《无事生非》恐难入欢庆喜剧之列。

简言之,该剧"极大的娱乐"之喜剧氛围,由两组平行的、均

---

① 参见 Harold Bloom , *Shakespeare: The Invention of the Human* , The Berkley Publishing Group , p.195。

② 参见 Harold Bloom , *Shakespeare: The Invention of the Human* , The Berkley Publishing Group , p.200。

算次主要剧情的场景构成,一组为比阿特丽斯与本尼迪克从始至终多场次比剑术高下般你来我往、唇枪舌剑的情爱"智斗戏",另一组则为道格贝里与弗吉斯联手的共四场抓贼、审贼、破贼案的"滑稽戏",两组缺一不可。事实上,这是该剧喜剧性得以成功的关键。正如梁实秋所说:"为增加喜剧气氛,莎士比亚增加了道格贝里与弗吉斯这两个滑稽角色。伊丽莎白时代的观众要求一出喜剧要有几个丑角插科打诨。这个故事中的人物全是意大利人,而这两个丑角是英国就地取材的,因为只有在写实的手法处理下丑角才能格外显得真实而亲切。道格贝里是丑角中的一个杰出者,虽然他对故事之进展并无多大帮助,可对这部戏剧的成功却有甚大之贡献。他的职务类似警察,实际属于民防组织近于保甲长之类,是英国民众所最熟悉的一个类型。他没有多少知识,不认识多少字,所以他出口便是错误,把'标准英语'(King's English)割裂得体无完肤,把法律上的名词随便乱用。这都能给观众以极大的娱乐。哈兹里特说:'此剧中之道格贝里与弗吉斯乃是措辞错误与意义误解之最妙的例证,亦是官僚制装模作样、毫无头脑之标准记录,无疑是莎士比亚从实际生活中描写下来的,二百年来此种情形已从国家之最低级官吏弥漫到最高级官吏群中去了。'(《莎士比亚戏剧人物论》)这样说来,莎士比亚于滑稽的穿插中又给人以讽刺的联想了。"①

美国批评家弗兰西斯·弗格森(Francis Fergusson)在《戏剧文学中人的形象》(*The Human Image in Dramatic Literature*,1957)

---

① 梁实秋:《无事生非·序》,《莎士比亚全集》(第二集),中国广播电视出版社,1995年,第10页。

书中论及莎士比亚喜剧,指出:"有人可能会说,《无事生非》表现的是人类喜剧性的诗意景象,而《错误的喜剧》的意图则更接近于职业性歌舞杂耍艺人的意图,这种人量度其成功与否,靠的是准时引起观众的笑声,即引起人们那种几乎是条件反射式的不假思考的欢笑。这两出剧作的差别清楚至极,这种情形只要回想一下二剧均写的是被误会的身份问题便看得出来。但在《错误的喜剧》里,这种误会是确实的误会,在《无事生非》里却是洞察力失误,或者更确切地说,是由不同的人物所造成的各种不同的失误的结果。莎士比亚以发展迅速的一幕来结束《错误的喜剧》。要改正一种事实上的错误并不难:只要这两对双胞胎均一起在舞台上,这种错误就冰释了。但纠正洞察力上的错误,却是个十分微妙而奇妙的过程,在《无事生非》里,莎士比亚认为可以有数不清的方式:通过面具的象征性、黑夜及词语上的含混与利用三个各不相同的喜剧性副情节的突变来实现。"①

由此,对道格贝里在剧中主演"喜剧性副情节"之一的四场戏稍作梳理。

第三幕第三场,治安官道格贝里与他的搭档弗吉斯第一次登场亮相。从道格贝里的身份、职能来看,近似管片儿民警。此处剧情是,他吩咐巡夜人甲、乙并给众巡夜人训话。巡夜人酷似四处巡夜、维护治安的协警。

> 道格贝里　　好,论起您长相,先生,哎呀,感恩上帝,别再

---

① 张泗洋主编:《莎士比亚大辞典》,商务印书馆,2009年,第707页。

夸口。至于能说会写，等这类虚荣用不着了
再来显露。您是这儿公认最不机敏、最适合
做巡夜治安官的人。所以，这灯笼您来提。
您的职责是，要了解所有游民无赖。您可凭
亲王的名义，叫任何人站住。

巡夜人乙　　要是不站住，怎么办？

道格贝里　　嗯，那，别搭理他，让他走，立刻把其他巡夜
人召来，一起感谢上帝，你们甩掉一个无赖。

弗吉斯　　叫站住不站住，就不算亲王的臣民。

道格贝里　　没错，除了亲王的臣民，对谁都不要乱来。——
（向众巡夜人。）也不准你们在街上吵闹，因为
胡言乱语最能容忍、最无法忍受。

　　这里的问题是，中文读者能否在注释的辅助下，享受到由出
口成误造成的"极大的娱乐"？诚然，若无注释，而直接替道格贝
里矫正口误，让他说得字通句顺，那娱乐性势必不存。翻译上的
是耶非耶，在此不赘。

　　同一幕第五场，道格贝里和弗吉斯到总督家里，向里奥那托
汇报工作，提出"想今晨当着阁下的面"审问昨夜抓住的"一对恶
棍"。两人说话啰里啰唆，里奥那托心思全在马上举行的希罗婚
礼上，没时间听他们闲扯。

里奥那托　　朋友们，你们太拖拉。

道格贝里　　很高兴阁下这样说，我们只是卑微公爵的听

差。但实话说,对我而言,倘若我像国王一样拖拉,我愿从心底找见它,都献给阁下。

里奥那托　　把你的拖拉都献给我,哈?

道格贝里　　是的,哪怕为此多加一千镑。因为我听到对阁下的热烈抱怨,同城里任何一个人一样,虽说我能力不济,听了也高兴。

弗吉斯　　　我也一样。

里奥那托　　我很想知道你们到底要说什么。

弗吉斯　　　以圣母马利亚起誓,先生,昨晚,我们的巡夜人,多亏阁下没在场,抓住了全墨西拿最可恶的一对恶棍。

　　要强调的是,此处剧情绝非以闲笔搞娱乐,而在以娱乐之笔为剧情陡转预设伏线,要知道,被抓获的波拉齐奥是给唐·约翰出主意,设计构陷希罗的阴谋执行者。其实,莎士比亚仅在此用了一下他百试不爽的戏剧手段,即凭借戏剧性的必然之偶然去决定偶然之必然的命运结果,做法最直接、最见奇效:让希罗婚礼和审问波拉齐奥两个时间撞车! 婚礼是必然,审问是偶然,试想,若里奥那托哪怕先腾出一点儿时间讯问波拉齐奥,审出真相,那克劳迪奥教堂羞辱希罗的大戏,便不复存在,主剧情瞬间崩塌。反过来,审问是偶然,克劳迪奥第二次迎娶希罗是必然,试想,若克劳迪奥不明真相,岂能追悔莫及,并向假死的希罗之墓献上悼亡诗。

　　第四幕第二场,是与希罗婚礼同时进行的墨西拿监狱审问。

道格贝里请来教堂司事主持审问。

经审理，真相大白。在此，真相似乎并不重要，因为这是必然之结果，重要的是莎士比亚让道格贝里那么尽享出口成误的语言游戏，而且，对于他本人来说，并非故意要把"诽谤"说成"伪证"，把"毁谤"罪说成"盗窃"罪，把"永恒的诅咒"说成"永恒的救赎"，他是真心诚意地犯错。这就是典型的莎氏喜剧了，至少这是打上典型《无事生非》喜剧烙印的笑料。

第五幕第一场，终场落幕之前，道格贝里将波拉齐奥押到里奥那托面前，交他发落。此时此刻，克劳迪奥尚不知真相。

此处的喜剧效果在于，全剧的喜剧高潮由自嘲"一头蠢驴"的小小治安官对"一个坏透顶的恶棍"的完胜得以实现。某种程度上可以说，道格贝里拯救了希罗、救赎了克劳迪奥，并让他回到对希罗的初恋。

苏格兰诗人托马斯·坎贝尔（Thomas Cambell, 1777—1844）在所编《莎士比亚戏剧作品选》（*The Dramatic Works of William Shakespeare: with remarks on his life and writings*, 1838）书中论及道格贝里，赞不绝口："除了莎士比亚外，谁还能通过像道格贝里那样令人笑痛肚皮的不朽的人物，来揩干我们因对希罗产生兴趣而流下的眼泪呢？如果竟让福斯塔夫使我忘掉了这位诗人创造的其他所有喜剧人物，那我希望得到原谅。我怎么竟忽略了你们，忽略了朗斯及他那条狗（《维罗纳二绅士》）及道格贝里呢？说福斯塔夫使我们忘掉了道格贝里，就像道格贝里本人会说'谁也冒犯不得'一样。然而莎士比亚在用过这个可笑的人物后，又使我们走向高度的戏剧性，这就是使误责希罗的克劳迪奥后悔不迭，竟同意娶据说是希罗堂妹的另一个女人，这个女人戴着面具，揭掉后才发现，竟是原来那位受他冤屈的新娘。"①

不过，哈罗德·布鲁姆不觉得这个滑稽角色有何特殊，他甚至觉得："可叹道格贝里，在我看来是莎士比亚喜剧中极少数失败者之一。道格贝里的文字误用只构成一个笑话，且重复太多，并不有趣。我对比阿特丽斯偏爱到希望本尼迪克、道格贝里、以及这部戏，都配得上她。"②真是见仁见智。显然，布鲁姆过于钟爱比阿特丽斯，甚至觉得整部戏都配不上她。由此开句玩笑，道格贝里配不上比阿特丽斯，配《无事生非》却恰到好处。

相较之下，如何评估道格贝里，乔纳森·贝特的评述更显客观："喜剧为小小恩典善行留出空间；它准许悲剧拒绝的第二次机会。在《无事生非》中，恩典来自两处：修道士安排希罗假死和复活（'让奇迹似曾相识'）；巡夜人偶然发现唐·约翰阴谋的真相。我们期待上帝经由修道士仁慈行事，这一条给我们上了重要一课：'我们珍视所拥有之物，非因我们享受它时，它的价值所在'，只有当我们失去某人时，才意识到有多么珍视他。天意还通过说话颠三倒四、出口成误的道格贝里发挥作用，这似乎有些怪。然而，外表（'假象'）具有欺骗性，是喜剧世界的法则之一。那些自视聪明之人，如唐·约翰，终显出愚蠢；那些我们最先觉得蠢的人，如道格贝里，终证明十分聪慧。他们的智慧源于内心，非源于才智。耶稣说，要懂得天国，须把自己视为孩子：道格贝

---

① 张泗洋主编：《莎士比亚大辞典》，商务印书馆，2009年，第705页。

② 参见 Harold Bloom, *Shakespeare: The Invention of the Human*, The Berkley Publishing Group, pp.194–195。

里与《仲夏夜之梦》中的织工线轴（Bottom）一样，都是莎士比亚亲生子女之一。他因淳朴善良'被定罪，堕入永恒的救赎'。"①

---

① 参见 *The Two Gentlemen of Verona·Introduction*，Jonathan Bate & Eric Rasmussen 编，外语教学与研究出版社，2008年，第255页。